NOVIA A LA FUGA

HEIDI BETTS

Editado por HARLEQUIN IBÉRICA, S.A.
Núñez de Balboa, 56
28001 Madrid

© 2014 Heidi Betts
© 2014 Harlequin Ibérica, S.A.
Novia a la fuga, n.º 1972 - 2.4.14
Título original: Project: Runaway Bride
Publicada originalmente por Harlequin Enterprises, Ltd.

I.S.B.N.: 978-84-687-4191-8
Depósito legal: M-790-2014
Editor responsable: Luis Pugni
Fotomecánica: M.T. Color & Diseño, S.L. Las Rozas (Madrid)
Impresión en Black print CPI (Barcelona)
Fecha impresion para Argentina: 29.9.14
Distribuidor exclusivo para España: LOGISTA
Distribuidor para México: CODIPLYRSA
Distribuidores para Argentina: interior, BERTRAN, S.A.C. Vélez
Sársfield, 1950. Cap. Fed./ Buenos Aires y Gran Buenos Aires,
VACCARO SÁNCHEZ y Cía, S.A.

Capítulo Uno

Juliet Zaccaro miró la varita de plástico que sujetaba con dedos temblorosos.

Era uno de esos paquetes que prometían un cien por cien de eficacia. Y lo que veía ante sí era una gigantesca cruz azul que destellaba como un anuncio luminoso de Broadway.

Estaba embarazada.

Se le contrajo el estómago y después los pulmones. Se le doblaron las rodillas, dio un paso a un lado y se sentó en la tapa del váter, envuelta en una nube de gasa y tul blanco.

Una risita histérica le cosquilleó la garganta, pero la controló. Apretó los labios porque sabía que si empezaba tal vez no pararía nunca.

Era el día de la boda. Estaba en el cuarto de baño adjunto a la pequeña habitación que había en la parte de atrás de la iglesia donde se había estado retocando.

Tenía que haberse hecho la prueba días antes, en vez de esperar a estar peinada, maquillada y embutida en un exclusivo vestido de princesa de cuento, diseñado y cosido a mano por su hermana Lily. Hacía más de una semana que sospechaba que los mareos, los dolores de cabeza y los proble-

mas de estómago eran más que nervios prematri-
moniales. Pero había tenido tanto miedo de estar
embarazada que no se había atrevido a comprobarlo.

Pero al mirarse en el espejo, había visto una novia a punto de caminar hacia el altar con el rostro
acalorado, no ruboroso. No irradiaba felicidad
sino angustia por la idea de dar el sí.

Cuando se detuvo a considerar la posibilidad
de estar embarazada, sus dudas y miedos subieron de
volumen hasta convertirse en una cacofonía ensor-
decedora dentro de su cabeza. Entonces fue cuando supo que no podía esperar más para hacerse la
prueba y descubrir la verdad.

La había descubierto y no sabía qué hacer al
respecto. No podía ir al altar para iniciar una nueva vida con un hombre que probablemente… No,
¿a quién pretendía engañar? Un hombre que sin
duda no era el padre de su bebé.

Dios santo, su bebé. Un bebé. Estaba realmente
embarazada. Así que ya no se trataba solo de ella.
No iba a ser la única a quien afectaran las decisiones que tomara desde ahora en adelante. Tenía
que empezar a pensar como una madre, a poner la
seguridad y la felicidad de su retoño por delante
de la suya.

Un golpecito en la puerta del cuarto de baño la
sacó de sus pensamientos. Alzó la cabeza al oír la
voz apagada de su hermana desde fuera.

–Juliet. Te estamos esperando, cielo –dijo Lily–.
Es hora de convertirte en la esposa de Paul Harris.

Lo dijo alegremente, con la intención de animarla. Sin embargo, sus palabras hicieron que a Juliet se le encogiera el estómago.

No sabía si podía convertirse en la esposa de Paul Harris. Ni siquiera si debería hacerlo. Inspiró profundamente antes de hablar.

–Enseguida salgo. Dame un minutos más.

–De acuerdo. Te esperaremos en el vestíbulo.

Juliet esperó hasta que los pasos de su hermana se apagaron y la puerta exterior se cerró. Entonces se puso en pie apoyándose en el lavabo y observó su reflejo en el espejo que había encima.

No estaba mal, siempre que la gente que ocupara los bancos de la iglesia esperase ver a la Novia Cadáver. Su piel había perdido todo rastro de color, lo que hacía que la sombra de ojos, el colorete y el carmín que con tanto cuidado le había aplicado su hermana Zoe parecieran los de una geisha.

Se pasó un dedo por debajo de cada ojo para limpiar cualquier rastro de lágrimas no derramadas y se aseguró de que la línea de ojos y la máscara seguían intactas. Después se ahuecó los pliegues del vestido y dejó caer la varita de plástico en la papelera de mimbre que había junto al lavabo, se agachó y sacudió el cesto de modo que la varita cayera abajo del todo. No quería que nadie encontrara accidentalmente una prueba positiva de embarazo y se molestara en sumar dos y dos para llegar a una conclusión.

Tan lista como podía llegar a estarlo, salió del cuarto de baño y cruzó la sala principal. Giró el pomo lentamente y abrió la puerta. El vestíbulo estaba vacío, por fortuna. Eso le daba un momento más de respiro. Salió. Oyó los murmullos apagados de sus hermanas y de su padre, que la esperaban a solo unos metros.

Si giraba a la izquierda estaría al principio del pasillo que llevaba al altar, y entraría en su nueva vida con los acordes de *La marcha nupcial*.

Si giraba a la derecha, se encontraría frente a una de las puertas laterales de la iglesia y podría escapar. En cierto modo, también sería una nueva vida, pero una mucho más incierta.

El pecho le subía y bajaba al ritmo de la respiración agitada. El corazón le latía con la rapidez con que un galgo corre tras un conejo.

¿Derecha o izquierda? ¿Seguir adelante con la boda y cumplir su promesa con Paul, o tirarlo todo por la borda y lanzarse a lo desconocido?

El tiempo pareció ralentizarse mientras sus oídos se llenaban con un rumor de olas oceánicas. Entonces hizo lo único que podía hacer: giró a la derecha... y corrió.

Capítulo Dos

Tres meses antes

Se oyó el zumbido del interfono.

–Señor McCormack, Juliet Zaccaro está aquí para verlo.

Los dedos de Reid se detuvieron sobre el teclado. Intentó decirse que la contracción del estómago y la oleada de calor que le recorría el cuerpo se debían únicamente a la sorpresa. La visita no estaba concertada y no la esperaba. Se aclaró la garganta y pulsó el botón de respuesta del teléfono.

–Gracias, Paula. Hazla pasar.

Guardó el documento en el que había estado trabajando, y centró la atención en la puerta en cuanto el pomo giró y esta empezó a abrirse.

Como había sucedido desde el día en que la conoció, la imagen de Juliet Zaccaro lo golpeó de lleno, como un coche de carreras dando contra un muro a doscientos cuarenta kilómetros por hora.

Era una belleza clásica, impresionante. Una piel sin mácula, ojos azules enmarcados por pestañas largas y oscuras, el cabello rubio miel, que él sospechaba le caería por debajo de los hombros, recogido en un moño elegante.

Eso bastaba para que deseara introducir los dedos en los sedosos mechones y luego liberarla de su perfecto traje pantalón hecho a medida, de la blusa y la falda, o de cualquier otro conjunto recatado y elegante que llevara puesto.

Su relación siempre había sido profesional y cortés, pero desde el momento en que la había conocido sus fantasías habían estado llenas de imágenes de ella desnuda y removiéndose debajo de él. Quería rasgar su actitud de dama fina y encontrar a la mujer menos fina que había debajo, la que lo rodearía con piernas y brazos, suplicándole que la penetrara más fuerte, más rápido, más profundo. La que arrastraría las uñas por su espalda y gritaría su nombre cuando le hiciera alcanzar al éxtasis.

Lo asaltó una oleada de calor y, mientras se levantaba para saludarla, rezó para que ella no notara su intensa reacción a su presencia. Manteniéndose tras el escritorio, por poca protección que ofreciera, esperó a que ella cruzara la habitación para ofrecerle la mano. No era la primera vez que se daban la mano. Pero cuando sus grandes dedos envolvieron unos mucho más pequeños, cuando la piel áspera y morena rodeó otra pálida y delicada, deseó atraerla hacia sí, mantener el contacto, pasar el pulgar una y otra vez por la palma de su mano.

Había estado en su oficina un puñado de veces y recordaba lo que había llevado puesto en cada una de ellas. Ese día era un sencillo vestido color lavanda, de escote redondo, con un cinturón estrecho, zapatos a juego y unas piezas de oro completaban el conjunto.

Tenía un cierto aire a Audrey Hepburn o Jackie Onassis, algo que no solía atraerlo. Solía preferir mujeres más llamativas, de las que sabían de la vida, eran conscientes de su sexualidad y la utilizaban para su ventaja. Esas a las que no les parecía mal una aventura breve y tórrida.

Juliet Zaccaro, a su modo de ver, no entraba en esa categoría.

No entendía por qué, entonces, estaba tan pendiente de ella. Había accedido a ayudarla la primera vez que había entrado en su oficina, a pesar de que eso suponía un conflicto de intereses con un caso en el que ya había estado trabajando para su hermana Lily. Y a partir de ese momento no había sido capaz de sacársela de la cabeza.

La había llamado para darle informes de progresos cuando en realidad no tenía datos nuevos y se suponía que tenía que evitar el contacto debido a las circunstancias de su hermana y el trabajo que estaba realizando para Lily. Se habían reunido en su despacho, a veces por petición de ella, a veces suya, cuando no había necesidad real.

Estaba allí de nuevo, apareciendo sin avisar y por ningún motivo oficial del que él estuviera al tanto. La petición de Juliet de que encontrara a su hermana desaparecida no tenía sentido desde que Lily había vuelto de Los Ángeles y le había explicado a su familia la razón de que hubiera desaparecido varias semanas. Él seguía trabajando en el caso de Lily –acusaciones de que un empleado de una empresa rival había robado sus diseños–, pero aunque Juliet era socia propietaria de Modas Zaccaro, la investigación no requería contacto directo con ella.

Aclarándose la garganta, hizo un gesto a Juliet para que tomara asiento y él volvió al suyo.

–Señorita Zaccaro, es agradable verla de nuevo, aunque no recuerdo que tuviéramos ningún asunto pendiente.

Ella esbozó una sonrisa temblorosa y se sorbió la nariz. Entonces él notó sus ojos rojos y la palidez de su piel bajo la fina capa de maquillaje.

Se preguntó si tenía problemas. Si volvía a ocurrir algo para lo que necesitaba su ayuda. Una parte de él quería rezongar, porque lo último que necesitaba era una razón legítima para pasar más tiempo con ella, mientras que otra parte casi anhelaba lo peor.

–Solo he pasado para darle un cheque por el trabajo que hizo –dijo ella, tras lamerse los labios.

Él tuvo la decencia de sonrojarse al oír eso. No había hecho ningún trabajo. Más bien le había dado datos falsos y la había entretenido durante casi un mes solo porque había estado intentando proteger la confidencialidad del caso en el que ya había estado trabajando para su hermana.

–No me debe nada –le dijo con rudeza. De hecho, él le debía el anticipo que había recibido, y tomó nota mental de hacer que se le devolviera.

–Por supuesto que sí –lo dijo resuelta, pero seguía temblándole la voz–. Le contraté para hacer un trabajo y lo hizo. En la medida en que pudo, al menos –añadió con media sonrisa.

–Le mentí y le hice perder el tiempo –dijo él, cortante y disgustado consigo mismo.

–Solo porque ya estaba trabajando para Lily, intentando ayudarla a salvar nuestra empresa. Si no hubiera simulado buscarla, seguramente habría intentado encontrarla yo. Y ambos sabemos que no tenía ni idea de en qué dirección había ido, así que habría dado vueltas y me habría metido en problemas. Lo que hizo fue noble, y casi su única opción, dadas las circunstancias.

Él emitió un sonido poco cortés y curvó la boca hacia abajo. Esa no era su opinión sobre el asunto y oírla describirlo de forma tan positiva, casi heroica, hacía que se sintiera aún más canalla.

–Y sigue ayudándonos, lo que demuestra la confianza que tenemos en su destreza –siguió Juliet–. Pero esa destreza no sale barata, y ya lo sabía cuando lo contraté.

Abrió el cierre del bolsito que tenía en el regazo, sacó un cheque y se inclinó sobre el escritorio para dárselo.

Él, sospechando que no habría argumento capaz de disuadirla, y que romper el cheque delante de ella sería una grosería, estiró la mano para aceptarlo aunque nunca lo cobraría.

Entonces notó los cardenales. Solo unas pequeñas y leves decoloraciones en el interior de su antebrazo. Cualquier otra persona no les habría dado importancia. La gente chocaba con cosas y acababa con cardenales cuya procedencia desconocían.

Pero él había visto mucho en sus treinta y nueve años de vida; por desgracia, estaba muy familiarizado con las huellas que dejaba una persona en otra. Ya fuera por maltrato, peleas callejeras o prácticas de autodefensa: había gran diferencia entre «me choqué con el armario» y «alguien me agarró el brazo con tanta fuerza que me dejó cinco huellas de dedos».

Tensó la mandíbula, furioso al pensar que alguien la había agarrado con ira. También odiaba la idea de que alguien distinto de él mismo la agarrara con pasión, pero esa no era la causa de los cardenales. No ahí. No con esa disposición.

Su instinto inicial fue llevarle la mano al brazo y sujetarlo para examinar las marcas. Lo que era la peor idea del mundo. Lo último que necesitaba alguien que lucía los cardenales de un agresor era que otro tipo se le impusiera poco después.

Así que se conformó con rechinar las muelas y aceptar el cheque, mientras pensaba qué paso dar a continuación.

–Gracias –murmuró. Dejó el cheque a un lado, puso las manos ante él y se las agarró. Así tenía menos posibilidades de acabar tocándola.

–Permítame que le pregunte algo, señorita Zaccaro –dijo, sorprendido por lo serena y compuesta que sonó su voz.

–Adelante. Y llámeme Juliet, por favor.

–¿Quién te ha puesto las manos encima?

Era bueno interpretando rostros, lenguaje corporal, tics y movimientos imperceptibles que la gente no era consciente de hacer pero que les delataban. La reacción de Juliet fue como el destello de una luz de neón.

Se quedó paralizada y los ojos se le ensancharon levemente mientras contenía el aliento. Él lo notó porque su pecho dejó de subir y bajar.

Tras un largo minuto, durante el cual el silencio se habría podido cortar con un machete, ella se lamió los labios y soltó una risita nerviosa.

–No sé a qué te refieres.

–Claro que lo sabes. Eso son huellas de dedos –le señaló los brazos, que ella había acercado al cuerpo–. Alguien te agarró con fuerza suficiente como para dejarte cardenales. Bastante grandes, lo que me hace pensar que debió de ser un hombre. ¿Tu prometido, tal vez?

Solo con decir la palabra se le hizo un nudo en el estómago. A eso siguió el deseo de retorcerle el cuello al bastardo.

–Así que, a no ser que recibas clases de defensa personal en el gimnasio o te hayas peleado con una de tus hermanas por el último rollo de satén de seda escarlata del almacén, apostaría a que alguien te ha zarandeado.

Los ojos de Juliet se llenaron de lágrimas y él sintió la necesidad de castigar a quien le hubiera hecho eso. Apretó los puños hasta que los nudillos se le pusieron blancos. Tuvo que hacer uso de todo su control para quedarse quieto, para no levantarse, rodear el escritorio y tomarla entre sus brazos. Para no ir a la sala de artillería y armarse hasta los dientes.

Tragó saliva con fuerza. Inspiró profundamente y contuvo el aire hasta contar diez, y veinte, antes de soltarlo.

–Dime lo que está ocurriendo, Juliet –dijo, manteniendo el tono de voz bajo, sereno y tranquilizador–. Por favor.

Notó que fue el «por favor» lo que tuvo efecto. A pesar de la humedad que se le acumulaba en las pestañas, había estado conteniéndose, empeñada en no admitir nada en voz alta, sobre todo ante alguien que era casi un desconocido.

Pero tras una inspiración agitada, la presa se rompió. Dos hileras de lágrimas le surcaron las mejillas y, con el labio inferior tembloroso, empezó a confiarse a él.

–Fue Paul –admitió–. No sé por qué está actuando así. Siempre ha sido amable y considerado. Pero cuanto más se acerca la boda, parece que se vuelve más… impaciente. La cosa más mínima lo dispara. Y cuando hablamos del futuro, de nuestras carreras o de dónde viviremos, se enfada mucho.

–¿Por qué? –preguntó Reid, realizando un esfuerzo hercúleo para mantener el control.

Ella se sorbió la nariz, se enderezó un poco en la silla y sus mejillas recuperaron algo de color.

–Quiere que vuelva a Connecticut después de

que nos casemos –contestó ella–. Pero sabe que mi vida ahora está aquí, en Nueva York. Cerca de mis hermanas y la empresa, sin tener que viajar a diario. Desde el principio estuvo de acuerdo con eso, o al menos yo creía que lo estaba. Ni siquiera me pidió que me casara con él hasta después de que me trasladase aquí para trabajar y Modas Zaccaro estuvo en funcionamiento. Dijo que estaba orgulloso de mí y que él podía trabajar en cualquier sitio. Es abogado –explicó–. Supuse que buscaría trabajo en un bufete de Nueva York y se trasladaría a la ciudad.

Inspiró profundamente. La humedad del rostro empezaba a secarse, dejando leves surcos en la base de maquillaje.

–Luego le ofrecieron ser socio de la empresa con la que está y todo cambió. Sigue queriendo que nos casemos, pero quiere que sea una típica esposa de abogado. Una esposa trofeo: que vuelva a Connecticut para estar con él, a su orden y mando, que deje mi trabajo en Modas Zaccaro para dar cenas y acudir a eventos benéficos que potencien su carrera...

Típico. Reid no conocía al hombre pero tenía claro cuándo alguien hablaba de un bastardo egoísta.

–¿Por qué no rompes con él? –Reid deseó no sonar tan esperanzado como se sentía.

–Me digo que era... una fase –dejó caer los hombros y bajó la mirada–. Que estaba estresado por el ascenso. O tal vez que está más nervioso por la boda de lo que deja ver –alzó los ojos azules hacia él–. Nunca había sido así. Lo conozco hace años, incluso antes de que empezáramos a salir, y siempre ha sido muy considerado. ¿Y si solo está pasando un mal momento o lidiando con algo que no entiendo?

–Esa no es excusa para ponerle a nadie la mano encima –Reid apretó los dientes tanto que temió que se cascaran–. Da igual lo enfadado que se esté o lo que esté pasando en tu miserable vida.

Ella movió la cabeza como él había visto hacer a todas las mujeres que soportaban más de lo que se merecían de su compañero.

–No pretendía hacerme daño. En realidad no. Estábamos discutiendo y las cosas se salieron de madre. En cuanto vio lo que estaba haciendo, paró. Estoy segura de que no volverá a ocurrir.

Discurso número tres del *Manual de mujeres maltratadas*. Y conducía directamente a una vida de penas y abusos, y a menudo la muerte, bien del hombre o de la mujer, a veces de ambos. Pero no era fácil decirle eso a una mujer enamorada, que quería creer lo mejor de su futuro marido. Así que le habló como lo haría cualquier tercera parte que quería encaminar bien a una mujer maltratada.

–Eso no lo sabes. Si ocurrió una vez, las posibilidades son que se repetirá –tras una breve pausa, añadió–: ¿Quieres que hable con él?

En realidad quería darle un patada en el culo. Romperle la mano para que no pudiera volver a tocar a Juliet ni a ninguna otra persona.

–No –replicó ella rápidamente–. No, no quiero que lo hagas. Fue un error, nada más. Con la boda a la vuelta de la esquina y la presión familiar para que funcione, todos estamos nerviosos y las emociones se desbocan. Todo irá bien –afirmó, como si se esforzara en creer sus propias palabras.

Reid no estaba de acuerdo, pero no tenía sentido discutir. Frunció los labios y esperó hasta que la neblina rojiza de la ira dejara de empañarle la visión. Si no podía convencerla para que le diera la patada al tipo, o dejarle que lo buscara y le diera una paliza, lo mejor que podía hacer era ofrecerle su apoyo. Hacerle saber que la apoyaría, sin juzgarla, en caso de que lo necesitara.

Se consideraba bien cualificado como alguien con quien hablar o como protector personal cuando ella comprendiera que su prometido era más mister Hyde que doctor Jekyll. Ya había confiado en él al confiarle la actitud violenta de Paul; sospechaba que no se la había mencionado a nadie más, ni siquiera a sus hermanas.

Pero se le daría aún mejor la protección personal. Estaba bien adiestrado y tenía acceso a todo tipo de armas. Tras mirar de nuevo los cardenales amoratados en la piel pálida, Reid supo que no tendría problema en utilizarlas todas.

–¿Adónde vas cuando salgas de aquí? –preguntó de repente.

Ella, sorprendida por el cambio de tema, dio un respingo, se pasó un nudillo por debajo de cada ojo y se lamió los labios antes de contestar.

–A casa.

–¿Estará allí tu prometido? –los ojos de Reid se estrecharon como los de una serpiente.

Juliet pareció sorprenderse aún más por esa pregunta. O quizá fue su reacción a la furia que Reid sabía que mostraba su rostro.

–No –contestó con voz suave–. Está de vuelta a Connecticut.

–Por seguridad, deja que te lleve a casa –sin esperar respuesta, apartó la silla y se levantó.

–Oh, no, no hace falta –dijo ella, poniéndose en pie de un salto.

–Por favor –salió de detrás del escritorio y le puso una mano bajo el codo–, me sentiré mejor sabiendo que has llegado a casa sana y salva.

Tras considerarlo un momento, ella dejó escapar un suspiro y asintió.

Abriendo la puerta, la dejó pasar antes de cerrarla a su espalda. Como medida de seguridad, cerraba su despacho siempre que salía. Confiaba en sus empleados pero tenía material confidencial y prefería ser precavido a tener que lamentarse.

–Paula –le dijo a su secretaria cuando paso ante su escritorio–, cúbreme unas horas, por favor. Voy a llevar a la señorita Zaccaro a su casa.

–Sí, señor –si a Paula le pareció extraño, no lo demostró. Mantuvo una expresión amistosa pero neutral mientras asentía con la cabeza.

Reid puso una mano en la espalda de Juliet y la condujo hacia el ascensor. Bajaron en silencio.

–¿Has traído coche? –preguntó él.

Ella negó con la cabeza.

—Iremos en el mío —replicó Reid.

Entonces miró el reloj y comprobó que era casi hora de almorzar. Tal vez podría matar dos pájaros de un tiro y aprovechar para pasar algo más de tiempo con Juliet.

—¿Qué te parecería comer algo? —preguntó según llegaban a un elegante Mercedes Benz SLR McLaren color negro ónice. Abrió la puerta del pasajero—. Invito yo.

Juliet no recordaba la última vez que había tomado comida china para llevar. En otra época sus hermanas y ella la habían pedido a menudo. Cuando, unidas como una piña, trabajaban veinticuatro horas siete días a la semana para poner en marcha Modas Zaccaro. Eso después de que Lily ya hubiera hecho gran parte del trabajo inicial por sí sola.

Una vez se unieron, Lily ocupándose de la línea de ropa, Zoe de los zapatos y Juliet de los bolsos, habían sido como un grupo de universitarias. Se acostaban tarde, pasaban todo el día en pijama y comían poco mejor que las ratas del callejón trasero de un restaurante.

Nunca se había divertido tanto como entonces.

Modas Zaccaro ya tenía cierto éxito. Seguía sin tener fama mundial, pero estaban llegando a eso. Pero más negocio implicaba más responsabilidades y menos tiempo para que las hermanas se portaran como las tres mosqueteras.

Habían pasado a ir cada una por su cuenta, trabajando en solitario antes de sus reuniones de diseño, en las que comparaban notas y hacían planes de futuro. Además, sus vidas personales tendían a separarlas más que a unirlas.

Lily tenía a Nigel y dividía su tiempo entre Nueva York y Los Ángeles, donde estaba la sucursal americana de su empresa familiar. Incluso estaba planeando un viaje a Inglaterra para conocer a los padres de Nigel.

Juliet llevaba planificando su boda lo que ya parecía una eternidad. De hecho, entendía por qué tantas parejas elegían fugarse. Con tanto ir y venir entre Connecticut y Nueva York, los incesantes consejos de su madre y de su futura suegra y la sensación de que debería pasarse el día leyendo revistas de novias y bodas, le sorprendía que sus hermanas no le hubieran retirado la palabra.

Y Zoe estaba siendo… Zoe. Adoraba trabajar para Modas Zaccaro. Diseñaba los zapatos más sexys del mundo. No siempre eran prácticos, pero se vendían bien entre gente que tampoco era práctica. Pasaba el mismo tiempo recorriendo los clubes y manteniendo la reputación de chica alocada que se había ganado a pulso.

Así que, aunque las hermanas Zaccaro técnicamente seguían compartiendo el ático y el taller adjunto, los menús de comida para llevar que tanto habían usado estaban guardados y olvidados en un cajón de la cocina.

Cuando Reid la había invitado a almorzar donde prefiriera, había sentido anhelo de comida china, así que había sugerido que recogieran un pedido de camino a su casa, para comerla allí, casi sin darse cuenta de lo que decía.

Él había parecido tan sorprendido como ella, pero luego había encogido los hombros y le había preguntado si conocía algún sitio bueno. Eso la había aliviado tanto como que le pidiera que esperara en el coche mientras él iba a recoger la comida. Sabía de sobra que había aparcado en doble fila para ahorrarle el esfuerzo de enfrentarse al mundo. Tenía el maquillaje emborronado por las lágrimas y, además, tenía la sensación de que podía romper a llorar en cualquier momento.

Le avergonzaba haberse derrumbado delante de Reid. Solo ante Reid, porque ni siquiera había confiado a sus hermanas el reciente comportamiento errático de Paul.

El día había sido como una montaña rusa emocional. Y no de las divertidas, sino de esas oxidadas y ruidosas en las que se tenía la sensación de ir a salir volando por los aires.

Sin embargo, con él se había sentido segura. Tal vez porque era un profesional que había oído millones de historias como la suya, y mucho peores, a lo largo de los años. O tal vez porque había aceptado el caso de Lily y después el suyo, demostrando ser honesto y de confianza. Él podía no pensar lo mismo, dadas las circunstancias de su asociación con las hermana Zaccaro, pero ella estaba segura. Probablemente porque había notado cuánto lo inquietaba tener que hacer malabares con ellas dos como clientas y con los detalles de sus respectivos casos.

O tal vez fuera porque desde el principio algo le había dicho que podía confiar en Reid McCormack. Tenía un aura de integridad tal que hasta un ciego la veía. Lo rodeaba como una armadura siempre, adondequiera que fuera.

La integridad de Paul, por otro lado, se volvía más cuestionable minuto a minuto.

Mientras Reid estaba en el restaurante chino esperando a que prepararan el pedido, aprovechó para recomponerse. Tuvo que inspirar profundamente varias veces para relajarse.

Después bajó el espejito delantero para comprobar el maquillaje. No estaba tan mal como había temido. Se pintó los labios.

Se sentía mucho mejor cuando Reid salió del restaurante con una enorme bolsa de papel que no tardó en perfumar el interior del coche con apetitosos y exóticos aromas.

De camino a casa sintió un par de pinchazos de duda por haber invitado a Reid a comer en su casa. Suponía que podría considerarse impropio cuando estaba comprometida con otro hombre. Pero solo era comida china, no una cena a la luz de las velas en el reservado de un restaurante de lujo.

Cuando llegaron, abrió la puerta y fue a la cocina. Mientras, él se sentó en el sofá y organizó la comida sobre la mesita de café.

–¿Qué quieres beber? –preguntó ella, sacando

platos y cubiertos–. Te ofrecería una copa de vino, pero supongo que no bebes en horas de trabajo.

–Creo que podré con una copa de vino. Además, no es como si fuera un policía de servicio –Reid, abriendo una caja de cartón y olisqueando su aroma, sonrió de medio lado–. Hoy tengo un día tranquilo y, si bebo demasiado, siempre puedo volver a la oficina en taxi.

–¿Blanco o tinto?

–Lo que vaya mejor con la comida china.

Ella optó por una botella de tinto, añadió dos copas a lo que ya había puesto en una bandeja y volvió a la sala.

Se sentó en el sofá, junto a él, y puso platos, cubiertos y una copa en la mesita. Él sirvió tallarines y arroz frito, pollo picante con salsa de soja y tempura de cangrejo para los dos. Luego agarró un tenedor y se recostó en el sofá.

Ella se quitó los zapatos, cruzó las piernas y se sentó sobre ellas. Empezaron a comer en silencio. Juliet no sabía qué decir tras los eventos del día, pero estaba disfrutando de los sabores de la comida que hacía mucho que no probaba.

–Parece que tenías hambre –comentó Reid mirando su plato medio vacío.

–Sí, últimamente he estado muy ocupada –dijo ella–. No he estado comiendo bien.

Eso era decir poco. Entre los planes de la boda y su confusión sobre su relación con Paul, había estado comiendo como un pajarito. A veces solo un plátano o una galleta.

–Gracias por sugerir esto.

–Fuiste tú quien eligió comida china para tomarla aquí –él se encogió de hombros y se tomó un sorbo de vino–. Me pareció que necesitabas un respiro, y comer mientras estaba fuera de la oficina tenía más sentido que dar otra excusa para salir a comer cuando vuelva.

Ella sonrió. Sabía que lo decía por amabilidad. Como propietario de Investigaciones McCormack, podía ir y venir a su gusto. Era una corporación multimillonaria; contaba con tantos investigadores y personal de apoyo que seguramente podría funcionar una semana o dos sin su presencia.

Se había ofrecido a llevarla a casa para asegurarse de que estaba bien. No había querido que volviera con su prometido tras la confesión que le había hecho. Buscaba su bienestar no solo físico, sino también emocional. Había sugerido el almuerzo para que no se encerrara sola en el ático y pasara el resto del día melancólica.

No por primera vez, se preguntó por qué no había conocido a Reid antes que a Paul. Pero Paul y ella se conocían de la facultad, mucho antes de que ella se trasladara a Nueva York o sintiera la necesidad de contratar a un investigador privado.

Lo cierto era que se había descubierto pensando más en Reid que en Paul. Apartándose de Paul porque cuando estaban juntos el rostro y la voz de Reid llenaban su cabeza.

Cuando Paul intentaba tocarla se ponía rígida, sin saber si sería un contacto suave o brusco. Reid solo le había dado la mano o tocado la espalda y el recuerdo del contacto le provocaba escalofríos. Tal vez porque había pensado demasiado en cómo sería que la tocara más, mucho más y en muchos otros sitios, por razones nada profesionales.

Tragó saliva con fuerza y alzó la copa a su boca para disimularlo. Necesitaba ganar tiempo mientras la respiración le volvía a la normalidad.

Era una mujer comprometida. No debería estar allí sentada deseando a otro hombre. A pesar de que su prometido se hubiera vuelto un poco desagradable. Pero como Paul estaba de camino a Connecticut, nunca tendría por qué saber que estaba disfrutando de una agradable comida improvisada con un hombre guapo y bondadoso.

Eso no tenía nada de malo. Y, como hacía tiempo que no se sentía tan bien, iba a disfrutarlo cuanto pudiera.

Capítulo Tres

En el presente

Reid McCormack pensó que decía mucho de su vida personal que estuviera en la oficina, trabajando, en sábado. Y que eso le gustara.

Todo estaba tranquilo, para variar. La empresa de investigación privada y empresarial ocupaba cinco plantas en el centro de uno de los rascacielos de Manhattan. El ajetreo era constante: gente, conversaciones, teléfonos y el zumbido de las faxes. A veces incluso los fines de semana eran bulliciosos, dependiendo del número de casos y de los investigadores que estuvieran haciendo horas extra.

Ese fin de semana había tenido suerte. Las oficinas estaban silenciosas como una tumba. Se podía oír pensar. Hasta se oía respirar.

No era lo que más le convenía ese día, pero al menos allí tenía papeleo e informes que cumplimentar, casos a los que hacer el seguimiento y solicitudes de empleo para mantenerse ocupado. Estaría ocupado todo el día y se libraría de volver demasiado pronto a una casa vacía en la que el silencio era ensordecedor y deprimente como un infierno. Con suerte, también podría evitar que su mente se centrara en eso en lo no quería pensar.

Con un gruñido, cerró una carpeta, la dejó a un lado y agarró otra.

No siempre había odiado su casa en la ciudad. En otro tiempo la había adorado. La había comprado algo destartalada y la había renovado de arriba abajo.

Después había llevado allí a Juliet. Se había convertido en su lugar de encuentro secreto. Un nido de amantes clandestino en el que se habían escondido del resto del mundo.

Ya no podía dormir en su cama sin echar de menos la sensación de su cuerpo junto al suyo. No podía entrar en la cocina sin verla de pie junto a la isla central luciendo una de sus viejas camisas, sirviendo copas de vino o mordisqueando uvas.

El recuerdo de su voz resonaba en las paredes. El aroma de su perfume flotaba en el aire.

La casa que una vez había amado se había convertido en un amargo recuerdo de la mujer que en ese momento caminaba hacia el altar a los brazos de otro hombre.

El lápiz que tenía en la mano se partió en dos. Ni siquiera se había dado cuenta de que lo sujetaba y dio gracias de que no fuera la pluma Montblanc o el abrecartas de cristal.

Haciendo un esfuerzo para desbloquear los nudillos y aflojar la mano, resopló. Aunque no le gustara la decisión de Juliet, le correspondía a ella tomarla. Su decisión, su error.

Ya era hora de que dejara atrás su aventura y volviera a concentrarse en los negocios. No había convertido Investigaciones McCormack en una corporación multimillonaria dejándose distraer. Y menos por una mujer, por bella, inteligente o refinada que fuera.

El teléfono sonó por cuarta o quinta vez desde que había llegado. No la línea de su recepcionista, sino la suya directa. Se preguntó quién podría estar llamándolo a ese número un sábado. Molesto, levantó el auricular.

—¿Qué? —ladró.

—Señor McCormack —dijo una voz masculina tras una leve pausa—. Soy Glen, de recepción.

Vio mentalmente la imagen del alto y fornido guardia de seguridad del vestíbulo de entrada y se arrepintió de su tono seco.

—Sí, Glen. Disculpa, ¿qué puedo hacer por ti?

—Hay aquí un par de jovencitas que insisten en que necesitan verle. Les dije que no estaba aquí, pero no parecen creerme —añadió con un rastro de humor tiñendo sus palabras.

Con un suspiro de sufrimiento, Reid se pinzó el puente de la nariz. Eso explicaba que su línea privada no dejara de sonar. Pero si había algo que no necesitaba ese día, en su oscuro estado de ánimo, eran esos dos desastres de rubias.

Tal vez llamarlas desastres fuera excesivo. No conocía a la menor de las Zaccaro, Zoe, pero por lo que había oído era la más alocada de las tres.

Lily era la que lo había metido en el alocado

mundo del trío Zaccaro. Robo y espionaje industrial y una desaparición que había resultado ser una investigación amateur encubierta y que lo había llevado a conocer a Juliet.

Si Lily nunca hubiera entrado en su oficina sería un hombre más feliz, eso sin duda. Ella le había llevado el Caso que Nunca Acaba y lo había embarcado en un camino de sufrimiento personal.

Le pidió a Glen que las hiciera subir y pasó los minutos anteriores a su llegada controlando el mal humor y la expresión. Cuando entraron las dos hermanas, él era un epítome de profesionalidad y calma.

Las dos mujeres, en cambio, eran un torbellino de tafetán amarillo, pelo rubio y caras manchadas de lágrimas. Dejaron escapar sendos resoplidos de alivio por haberlo encontrado finalmente tras numerosos intentos y se dejaron caer en las sillas que había ante su escritorio.

–Gracias a Dios –suspiró Lily, al tiempo que Zoe mascullaba: «Ya era hora».

A Reid le hizo gracia el descaro de la más joven, pero mantuvo una expresión impasible.

–Señoritas –las saludó con tono cortante.

Era fin de semana, por todos los cielos. No había nada tan urgente en el caso de robo de diseños de Lily para que tuvieran que presentarse en su oficina un sábado, y no quería que ese tipo de comportamiento se repitiera.

Además, ¿no tenían una boda a la que asistir en sus vaporosos vestidos de damas de honor?

–¿Puedo hacer algo por vosotras?

–¡Ayudarnos! –exclamaron al unísono. Reid sabía que no eran gemelas, pero cuando actuaban así parecían imágenes reflejadas en un espejo.

–Tienes que ayudarnos –Lily, inclinándose hacia delante, tomó la iniciativa–. Sé que es fin de semana. Y que seguramente estás hasta la coronilla de nosotras a estas alturas.

Desde luego, el comentario dio en el clavo.

–Pero no sabemos qué otra cosa hacer.

–¿Respecto a qué? –preguntó él con calma.

–¡Ha desaparecido! –exclamó Zoe con los ojos muy abiertos y brillantes.

–¿Quién? –sintió un cosquilleo de aprensión en la nuca.

–Juliet –contestó Lily. Su voz se había templado, parecía que tener la atención de un investigador privado, que además ya había trabajado para su familia, la calmaba.

Reid no sabía qué datos tenían las hermanas de Juliet de su relación con él. Se preguntaba si ella les habría hablado de su aventura o si habrían recurrido a él sencillamente por el trabajo que había realizado para ellas anteriormente.

–Juliet desapareció de la iglesia. De su boda –continuó Juliet tras inspirar profundamente–. Iba vestida de novia, y estaba maquillada y peinada. Fui a avisarla de que todo estaba listo y luego… desapareció. Nunca salió, aunque todos la esperábamos en la parte de atrás de la iglesia. Volví a buscarla al tocador –dijo con voz suave–, pero no estaba allí –los ojos se le llenaron de lágrimas–. No había ninguna nota, ninguna pista de lo que puede haberle ocurrido.

–¿Crees que huyó? –a Reid se le contrajo el estómago. No se permitió dejarse llevar por esa esperanza, al menos no a nivel personal. Ya había pasado por eso y sufrido una intensa decepción. Pero si no había huido, le asustaba plantearse otras posibilidades.

–No lo sabemos –contestó Lily.

–¿Y su prometido? –se negaba a utilizar el nombre de ese bastardo. Que Dios lo ayudara si le había hecho algo a Juliet. Reid lo buscaría y le arrancaría las extremidades una a una.

–¿Qué pasa con él? –Zoe ladeó la cabeza.

–¿También ha desaparecido?

Ambas mujeres negaron con la cabeza.

–No. Sigue en la iglesia –le dijo Lily–. O tal vez haya ido a nuestro ático o vuelto a su hotel a estas alturas, no lo sé.

–Entonces, ¿no se han ido juntos? –quiso confirmar él, sintiendo una oleada de alivio–. Tal vez decidieran fugarse juntos y ella fue a casa a por un bolso de viaje.

–Nada de eso –rezongó Zoe–. No después del tiempo y dinero invertido en la planificación de la boda. Nuestros padres y los de él los matarían.

–Tiene razón –confirmó Lily–. Si pensaban hacer algo así, lo habrían hecho hace semanas.

Reid asintió y puso en movimiento los engranajes de su cerebro.

–¿Creéis que ha podido ser abducida? ¿Que alguien se la ha llevado en contra de su voluntad?

–¡Oh, Dios mío! –gimió Zoe, mientras las lágrimas empezaban a rodarle a Lily por las mejillas.

–Esperamos que no –dijo Lily con cuidado, algo más serena que su hermana. Las lágrimas habían empezado a desbordarse–. No vimos ni oímos nada, y no notamos señales de forcejeo.

–¿Ningún mueble volcado? ¿Un trozo de vestido que se enganchara en algo y se rasgara?

Zoe gimió tras las manos que ocultaban su rostro. Reid sabía que eran preguntas difíciles, pero necesitaba las respuestas para poder ayudar.

–No, nada de eso –dijo Lily con voz débil.

–Suponiendo que se fuera por su propia voluntad, ¿tenéis idea de por qué o adónde?

–No. ¿Por qué iba a fugarse una mujer el día de su boda? Huir de la iglesia ya vestida y preparada y con todo el mundo esperándola.

Reid tenía una pequeña sospecha, pero no podía dejar que eso le nublara la mente. No después de cómo ella le había dado la espalda no hacía tanto tiempo.

Normalmente, recomendaría a la familia de una persona desaparecida que llamara a la policía y pusiera una denuncia. En ese caso concreto, sospechaba que tenía más posibilidades de encontrar a Juliet Zaccaro él solo. Tenía acceso a mejores recursos que las autoridades y una ventaja adicional: una relación personal previa con la persona en cuestión.

–Supongo que queréis que la encuentre –dijo.

–No estaríamos aquí si no –rezongó Zoe, poniendo los ojos en blanco.

–¿En serio esta vez? –preguntó él, ácido–. No como cuando ella me pidió que te buscara a ti –enarcó una ceja y miró a Lily, que enrojeció.

–Sí –contestó ella–. Ha desaparecido de veras y necesitamos que la encuentres. Por favor.

–Necesitaré más información de vosotras y de vuestra familia. Posiblemente permiso para registrar vuestro ático y acceso a las cosas de Juliet y a sus cuentas personales: banco, teléfono, ordenador, etcétera.

–Por supuesto. Cualquier cosa que pueda ayudarte a encontrarla.

Reid era incapaz de negarse a aceptar y, a pesar de sus sentimientos personales sobre el tema, no descansaría hasta comprobar que estaba a salvo.

Cuidando dónde ponía los pies, Juliet se arrebujó en la rebeca y subió por el empinado sendero que iba desde el puerto a la cabaña de su familia. Hacía mucho que ninguno visitaba la casa del lago Vermont, así que el sendero estaba desdibujado, el barco guardado y el interior de la casa necesitaba una buen limpieza.

Desde el punto de vista de Juliet, eso lo convertía en el lugar ideal donde esconderse un tiempo. Sin embargo, sabía que solo podría estirarlo a una semana, y ya llevaba allí dos días.

Era una cobarde por esconderse, tendría que haber salido al vestíbulo y explicarle la situación a su familia, igual que tendría que haberlos informado cuando rompió con Paul la primera vez. Tendría que haberle pedido a Paul que saliera a hablar con ella, y después decirle que había cambiado de opinión, otra vez.

Sabía que no tendría que haber echado a correr con el rabo entre las piernas, pero no se arrepentía de su decisión. Solo con imaginarse en esa iglesia, con ese vestido, un momento más del tiempo que había estado, empezaba a hiperventilar.

Por no hablar de la idea de ir hacia el altar. Estaba segura de que se habría desmayado entre los bancos si se hubiera obligado a seguir adelante. O vomitado sobre algún invitado.

Inevitablemente, iba a tener que explicar muchas cosas cuando volviera. A todo el mundo.

El buzón de voz del móvil estaba lleno hasta rebosar. Según el registro de llamadas, había empezado a sonar minutos después de que huyera de la iglesia. Suponía que en cuanto sus hermanas habían notado su ausencia.

Pero aunque sabía que su familia debía de estar mortalmente preocupada, y los pitidos del teléfono casi la habían vuelto loca, no se había molestado en mirar las llamadas perdidas ni en escuchar los mensajes. Ni siquiera se había tomado el tiempo necesario para apagar el teléfono hasta que estuvo lejos de Manhattan.

En vez de eso, había ido al ático que compartía

con sus hermanas, ignorando las miradas de extrañeza de la gente al verla correr vestida de novia de cuento de hadas. Allí agarró el teléfono, dinero y una muda de ropa para cambiarse después. No había sabido adónde iba ni cuánto estaría fuera, pero sospechaba que correr por ahí con el vestido de novia puesto no era buena idea.

Llevaba en la carretera un par de horas cuando decidió ir a la casa del lago, en parte porque sabía que estaría bien aprovisionada de todo, desde comida a ropa. Sin embargo, la recepción de móvil era pésima, así que, cuando lo apagara, nadie podría contactarla a no ser que le enviaran señales de humo o se lanzaran en paracaídas.

Volvió a decirse que era solo por unos días. Solo hasta que se aclarara la cabeza y decidiera qué hacer… respecto a todo.

Jadeaba levemente cuando llegó a la cima de la colina y al final del sendero que conducía a la explanada en la que estaba la cabaña.

Caminó junto a uno de los lados del porche que rodeaba la casa hasta la puerta principal. Se paró en seco al ver un Range Rover verde aparcado tras un BMW azul plateado. Le dio un vuelco el corazón.

Tal vez el coche fuera de un desconocido que había llegado allí por casualidad, algo casi imposible sin instrucciones, pero también podía ser alguien malintencionado. Tragó saliva. Una docena de películas de terror pasaron por su mente como un vendaval.

Oyó pasos en el porche. Alzó la cabeza y se encontró con los ojos oscuros y peligrosos de Reid McCormack. Él torció la boca con una sonrisa casi salvaje.

—Hola, novia a la fuga.

Reid estaba disfrutando de la expresión de desmayo y asombro que veía en el rostro de Juliet.

No había querido volver a verla sabiendo que había estado dispuesta a caminar hacia el altar para casarse con otro hombre. Incluso después de haber roto el compromiso una vez. A pesar de cuanto habían compartido. Encima, había estado dispuesta a casarse con un hombre que no la trataba bien. Pero se lo había prometido a sus hermanas y una parte de él necesitaba saber que estaba bien.

Era obvio que sí, así que podía volver a Nueva York de inmediato. Dejarla a su aire. Dejar que fuera ella quien explicara a su familia por qué se había fugado. Había prometido encontrarla, no un informe de los motivos de su súbita desaparición.

Sin embargo, se quedó en el porche aferrando la barandilla con ambas manos. Ella se lamió los labios y tragó saliva.

—¿Qué estás haciendo aquí?

—Es curioso lo de tu familia —replicó él con sorna—. Por más que lo intento no consigo librarme de ella. Las Zaccaro parecéis pensar que soy vuestro arregla problemas personal.

—¿Te llamaron mis hermanas? —susurró ella.

—No. Aparecieron en mi oficina el sábado, menos de una hora después de que huyeras de tu propia boda. ¿Te importaría explicarme eso?

—Lo que yo haga no es asunto tuyo —echó los hombros hacia atrás y alzó la barbilla.

Cierto. Se lo había dejado claro incluso cuando salían juntos, escondiéndose porque ella no había querido que nadie se enterase de su relación. Pero él era tozudo; cuanto más le dijeran que se largara, más empeño ponía en quedarse. Eso lo convertía en un investigador excepcional.

—Correcto. Pero dado que estoy aquí…

Sin terminar de hablar, giró sobre los talones, cruzó el porche y entró en la casa. Ella podía seguirlo o no. Pero si huía, ya fuera a pie o en coche, él la perseguiría. Y volvería a encontrarla.

«¿Quién se creía que era?»

Juliet se quedó helada en el sitio, asustada y furiosa al mimo tiempo. Le costaba creer que la hubiera encontrado tan pronto. Pero tal vez, sabiendo como sabía lo bueno que era en su trabajo, no debería sorprenderse.

Aunque sus hermanas hubieran ido a pedirle ayuda, no entendía por qué había accedido. Había estado segura de que la odiaba desde su último encuentro. Ese en el que le había dado las gracias por ser tan agradable y por lo bien que lo habían pasado, para después comunicarle que no creía que las cosas pudieran funcionar entre ellos y que sería mejor que no volvieran a verse.

Él tenía ojos marrones y suaves, como chocolate fundido. Desde el primer momento en que lo había mirado, esos ojos le habían dicho que era fuerte, bondadoso y de toda confianza.

Por eso había roto con Paul la primera vez. Su atracción por Reid se había hecho abrumadora, lanzándola inexorablemente a sus brazos. Sin embargo, no era de las que mantenían una aventura estando prometidas con otro hombre. Pero cuando estuvo libre para explorar sus sentimientos con Reid, y él se mostró más que dispuesto a corresponderlos, la intensidad la había asustado.

Tal vez por eso había huido. No de la boda, sino de él. Había corrido de vuelta a Paul, simulando que el tiempo pasado con Reid no había tenido lugar.

No había sabido cómo decirles a sus padres que iba a cancelar la boda en cuya planificación habían invertido tanto tiempo y dinero. Por no hablar de cuánto deseaban a Paul como yerno. Tampoco había tenido valor para decírselo a sus hermanas. Por que entonces habría tenido que hablarles de Reid y no estaba lista para esa conversación, aún no sabía cómo expresar con palabras sus confusas y enrevesadas emociones.

Después, las cosas habían empezado a ir en serio con Reid. Se había asustado y había huido con el rabo entre las piernas. Algo que parecía estar convirtiéndose en un desagradable hábito.

Nadie excepto Reid y Paul sabían de la ruptura del compromiso y Paul nunca había dejado de intentar que cambiara de opinión. Había vuelto a pedirle perdón por perder los nervios con ella, había accedido a trasladarse entre Connecticut y Nueva York al menos los primeros años de su matrimonio, y le había asegurado que si disfrutaba diseñando con sus hermanas, le parecía bien que continuara siendo socia de Modas Zaccaro.

Era cuanto siempre había querido oír de él, y volver a asentarse en el papel de su prometida era fácil… Así que, ¿por qué no seguir adelante?

En ese momento había tenido mucho sentido.

Sin embargo, el destino parecía estar trabajando en contra suya.

Había dejado a Reid con la intención de hacer lo que todos esperaban de ella y… el palito se había puesto azul y había descubierto que estaba embarazada de Reid.

Había huido de la iglesia para evitar casarse con un hombre que no era el padre de su bebé y… sus hermanas habían enviado un investigador privado para encontrarla.

El último hombre al que deseaba ver. Estaba a solas con él en una casa aislada en el campo.

Suspiró, preguntándose si siempre tendría ganas de huir. Y si había algún lugar lo bastante distante para escapar de los problemas que la rodeaban como arenas movedizas.

Lo inteligente sería enfrentarse a esos problemas de cara, pero no estaba lista para eso. Aún no.

Eran demasiadas cosas ocurriendo muy deprisa. Necesitaba tiempo para reflexionar y para decidir cómo explicar al resto de la gente involucrada lo que estaba ocurriendo.

Inspiró profundamente y subió los anchos escalones de madera del porche. No sabía qué quería Reid exactamente. Tras haberla encontrado, no tenía ninguna razón para quedarse allí.

Abrió la puerta mosquitera y entró en la casa, cerrando la puerta de madera a su espalda. Reid, de pie junto a la barra de la cocina, estaba sirviéndose un vaso de zumo de naranja, una de las pocas cosas que Juliet había comprado en la tienda del pueblo de camino a la cabaña. Tomó unos tragos antes de meter el envase en la nevera.

Juliet cruzó el amplio espacio abierto de la sala, con ventanas de suelo a techo que daban al lago, sacó un taburete y se sentó frente a él, al otro lado de la isla.

Los segundos pasaron: tic, tac, tic, tac. Después, él también sacó un taburete de debajo de la barra y se sentó tan tranquilamente como si llevara viviendo allí toda la vida.

Esa había sido otra de las cosas de él que la habían atraído. Lo cómodo que parecía estar independientemente de lo que le rodeara. Ella no creía que temiera a demasiadas cosas, pero eso no implicaba que bajara la guardia. Si acaso, parecía estar siempre alerta, atento a lo que ocurría a su alrededor. Otra cualidad que había hecho que se sintiera segura cuando estaba con él.

Cuando por fin habló y su voz grave rompió el silencio, Juliet dio un respingo.

—Entonces... ¿vas a decirme qué ocurre?

—No ocurre nada –se lamió los labios para darse ánimo–. Solo necesitaba alejarme un tiempo.

—Necesitabas alejarte... en plena ceremonia de boda.

Se le contrajo el estómago al pensar que podía estar casada con Paul, yendo con él de luna de miel a un lugar remoto y aislado. Él había reservado billetes para Fiji, pero ella habría preferido París. Quería ver el Louvre, observar las tendencias de moda y volver a casa con ideas para su propia línea de bolsos y cualquier cosa que Lily y Zoe pudieran aplicar a sus diseños. Por supuesto, Paul, a pesar de sus promesas, no quería que continuara con su trabajo de diseño, así que había desechado esa idea y sugerido sol, arena y poca ropa.

—Tal vez por fin has recuperado la cordura y decidido que no quieres ser el saco de arena de ese bastardo durante los próximos cincuenta años –comentó él al ver que no le contestaba.

—Paul nunca me pegó –farfulló ella sin pensar. Se preguntó por qué lo defendía. Ni venía a cuento ni era asunto de Reid.

Pero en vez de aplacarse, el temperamento de Reid estalló. Hizo una mueca antes de rugir.

—¿Importa eso? Te puso las manos encima. Te dejó cardenales. Utilizó su tamaño y fuera bruta para dominarte –se bajó del taburete y rodeó la isla para encontrarse con ella de cara.

41

Él no debía de darse cuenta, pero resultaba muy intimidante: hombros anchos, actitud autoritaria y oscura belleza masculina.

La tormentosa expresión de su rostro bastaba para hacerla temblar. El problema era que le hacía temblar en el buen sentido: estremecerse y suspirar por dentro.

Se acercó más y el aroma fresco y limpio de su loción para después del afeitado le cosquilleó los sentidos. Ella se echó atrás un poco.

–El único momento en el que eso debería ocurrir –dijo– es cuando un hombre hace esto.

Le agarró los hombros, la obligó a ponerse en pie y aplastó su boca contra la de ella.

¿Qué diablos estaba haciendo? ¿Acaso no había aprendido la lección respecto a esa mujer?

Por lo visto era el equivalente femenino del azúcar, la nicotina o la heroína: altamente adictiva y casi imposible de dejar.

No tendría que estar allí. Tendría que haber desoído las súplicas de sus hermanas. Tendría que haberse largado nada más saber que estaba viva y bien. Y, sobre todo, no tendría que haber entrado en la casa ni rodeado la isla de la cocina para tenerla a su alcance. Porque siempre que la tenía a su alcance, sentía la compulsión de tocarla.

Incluso después de lo que había pasado entre ellos, y últimamente había sido sobre todo malo, no podía resistirse a ella. Era como tener el cielo entre sus brazos. Suaves y blandas curvas moldeándose a los duros planos de sus cuerpos. Labios cálidos rindiéndose a los suyos.

Durante largos minutos la besó, saboreando el sabor a menta de su pasta de dientes o de lo que fuera. Era fácil bloquear al resto del mundo cuando estaba con ella, sobre todo estando así.

No pensó en el trabajo que tendría que estar haciendo, ni en su deber para con sus hermanas, ni en el hombre al que había plantado ante el altar. Ni siquiera pensó en cómo lo había abandonado para volver con ese hombre ni en la ira que lo reconcomía desde entonces.

Por desgracia, no podía besarla eternamente.

Relajó la presión de su boca y se echó hacia atrás. Le animó ver que ella tenía los ojos nublados y jadeaba. Era agradable saber que no era el único afectado cuando estaban en la misma habitación. Le soltó los hombros y le pasó los dedos por el cabello, poniéndole un mechón tras la oreja. Ella se pasó la punta de la lengua por los labios, rosados y húmedos tras el beso, y él sintió una especie de descarga eléctrica que acabó más debajo de su ombligo.

—No tendrías que haber hecho eso —musitó ella con voz temblorosa.

—¿Por qué no? —dio un paso atrás—. Ya no estás prometida. Diría que eso es lo que implica salir corriendo cinco minutos antes del sí, quiero.

Ella dio un respingo, pero luego echó los hombros hacia atrás y lo miró con determinación.

—Tienes que irte, Reid —afirmó—. Estoy bien, ya lo has visto. Vuelve a Nueva York y díselo a mis hermanas. Informa a mi familia de que estoy bien y solo necesito algo de tiempo para mí. Pronto estaré de vuelta en casa.

—Van a querer saber por qué te fuiste.

—Diles que no lo sabes —se encogió de hombros—. Te contrataron para encontrarme, no para explicar los motivos de mis acciones, ¿verdad?

—Querrán saber dónde estás —insistió él.

—Pues no se lo digas —casi gritó ella, sus ojos azules empezaban a chispear de ira.

—¿Quieres que les mienta? —siguió pinchándola.

—Claro que no. Solo diles que estoy a salvo y que no quiero que nadie sepa dónde estoy. Que me pondré en contacto cuando haya reflexionado sobre unas cuantas cosas y que no se preocupen.

—Suena bien —asintió con la cabeza—. Puede que incluso se lo crean.

Rodeó la isla y volvió al taburete que había ocupado antes. Tomó un trago de zumo de naranja y esperó a que ella bajara la guardia y se sentara.

—¿Pero cómo sé yo si realmente estás bien? ¿Y si hay algo raro que no me estás contando? ¿Y si vuelvo a Nueva York para descubrir después que te han herido, abducido o arrestado?

—¿Por qué iban a arrestarme? —alzó un ceja, atónita. Su voz sonó aguda, ofendida.

Él sabía por qué. Juliet Zaccaro nunca se comportaría de modo que pudiera ser arrestada. Seguramente no le habían puesto una multa por aparcar mal en toda su vida. No se excedía en la velocidad, no alzaba la voz y cumplía las leyes a rajatabla. Habría apostado a que lo único incorrecto y de lo que se sentía culpable era... su relación con él.

Era difícil de tragar y tuvo que hacer un esfuerzo para controlar la irritación.

–No sé por qué estás aquí o qué has estado haciendo. Tal vez simulabas estar prometida con ese tipo para sacarle dinero y ahora va a encontrarte con tu novio real.

En vez de empezar a gritarle como una loca, como él había esperado, lo miró con frialdad.

–O puede que seas una nudista en secreto y has venido aquí a comunicarte con la naturaleza en cueros sin que nadie te vea ni te reconozca.

Ella siguió mirándolo fijamente, pero él captó el temblor risueño de sus labios.

–Creo que sería mejor que me quedara por aquí, para asegurarme de que todo va bien.

–Oh, no. No, no –sus ojos se abrieron como platos y lo miró boquiabierta. Saltó del taburete como si le quemara–. ¡Nada de eso!

Ignorando su estallido, él se bajó del taburete y empezó a recorrer la casa.

No le importaría quedarse allí un tiempo. Sería casi como unas vacaciones, si no tenía en cuenta a la mujer que estaba acuchillando su espalda con la mirada.

–No vas a quedarte aquí, Reid.

Sin contestar, él miró la planta superior, abierta a la sala de estar, antes de ir hacia el pasillo que había tras la cocina y que suponía conducía a los dormitorios.

–Lo digo en serio –añadió Juliet, siguiéndolo con los brazos cruzados sobre el pecho.

Él asomó la cabeza a un lujoso cuarto de baño, con bañera a ras del suelo, cabina de ducha y dos lavabos encastrados en una encimera de mármol.

–¿Por qué no? Hay sitio de sobra –dijo él, sin volverse a mirarla.

–Porque no te quiero aquí.

Tras echar un vistazo a otra habitación, doble con cuarto de baño, en la que había cosas de Juliet sobre la cómoda, se dio la vuelta.

–No siempre conseguimos lo que queremos.

Observó cómo el rostro de ella se tensaba. Ocultando una sonrisa, pasó a su lado y volvió a la cocina.

–Bien –dijo–. Quédate tú, yo me iré.

Parecía nerviosa e insegura, aunque intentaba aparentar dureza e inflexibilidad.

–Hazlo y te seguiré. No importa dónde vayas o cuánto intentes desaparecer, te encontraré.

Capítulo Cuatro

Juliet no podía decidir qué le dominaba, si la ira o la frustración. Si estaba disgustada o extrañamente agradecida. No solo porque sus hermanas hubieran estado tan preocupadas como para enviar a Reid en su busca, sino porque a él parecía importarle lo suficiente como para negarse a dejarla sola.

Era un irritante abuso de poder por su parte. Él sabía que eso la enloquecería, y lo hacía precisamente por esa razón.

Pero a eso se unían una sincera preocupación subyacente y su necesidad de asegurarse de que estaba bien. Aunque se lo hubiera dicho media docena de veces, Reid no aceptaba la palabra de nadie, se basaba en hechos y en lo que veía.

Si hubiera sido cualquier otra persona, era probable que hubiera aceptado su afirmación. Tras comprobar que su presa estaba viva y bien, en un lugar seguro, habría vuelto a Nueva york a informar a sus clientes de lo descubierto.

Pero ella no era cualquiera. Tenían algo en común: una extraña, complicada, y maravillosa pero horrible historia.

El tiempo que había pasado con él había sido el

mejor de su vida, pero incluso mientras tenía lugar había sabido que era un fuego demasiado abrasador y rápido para durar.

Eso no le había gustado nada a Reid. Ella le había advertido desde el principio de que solo era una aventura. Que nunca sería algo serio.

Había estado comprometida con otro hombre la primera vez que, arrebatada por la pasión, había acabado en la cama con él. Y aunque había roto el compromiso de inmediato para poder seguir viendo a Reid sin que la ahogaran los remordimientos, no había querido que nadie supiera lo que tenía con él.

No había querido ver la decepción en el rostro de sus padres ni escuchar sus discursos sobre la suerte que había tenido al estar prometida con Paul, de familia rica e influyente.

Aunque ella no hubiera querido mantener su relación con Reid en secreto, él no buscaba algo permanente. Su aventura había sido salvaje y prohibida, totalmente ajena al carácter de Juliet.

Sospechaba que esa era otra razón por la que insistía en quedarse con ella. Asuntos inconclusos, por no hablar de un ego masculino herido.

Pero eso no era culpa suya. Había sido sincera con él desde el principio. Por lo visto las mujeres no eran las únicas capaces de encariñarse y dar a las emociones prioridad sobre el sentido común.

Rezongó con desdén, encogió los hombros y se arrebujó en el suéter porque se negaba a entrar mientras Reid estuviera en la cocina.

Había insistido en preparar la cena, en teoría para agradecerle su hospitalidad. El sarcasmo había sido obvio en su sonrisa lobuna cuando lo dijo. Juliet sospechaba que el ofrecimiento se debía sobre todo a que ella tenía nociones de cocina muy básicas. Seguramente no quería arriesgarse a que lo envenenara estando tan lejos de un hospital.

La buena noticia era que las náuseas que había empezado a sufrir se limitaban a la mañana. La mala noticia era que sentarse frente a Reid para compartir una comida haría que se le encogiera el estómago por razones muy distintas.

Se preguntaba qué iba a hacer por la mañana, cuando los síntomas del embarazo salieran a la luz.

No estaba segura de si quería que lo supiera, y que él se empeñara en convertirse en su sombra mientras lo decidía no era ninguna ayuda. Le daba dolor de cabeza solo con pensarlo.

Sintió un escalofrío y curvó los dedos helados. Tenía que entrar antes de resfriarse o convertirse en una especie de polo humano. Solo su cabezonería la mantenía allí afuera, cuando sabía que en la casa hacía un agradable calor incluso sin fuego en la chimenea.

–La cena está lista –dijo Reid, asomando la cabeza por la puerta y volviendo a entrar.

Ella se planteó ignorarlo, igual que se había planteado subir a su BMW y marcharse, a pesar de la amenaza de seguirla. Pero al final, lo cierto era que estaba demasiado helada, hambrienta y agotada para pelear contra él más tiempo.

El calor la rodeó en cuanto entró en la casa y cerró la puerta a su espalda. Suspiró con alivio y se frotó las manos antes de quitarse el suéter y colgarlo en el respaldo de la silla.

Después miró la mesa del comedor, que Reid había puesto para dos. Incluso había encontrado un jarrón con flores artificiales y lo había utilizado como centro de mesa. Si no hubiera estado tan molesta con él, la escena podría haberle parecido romántica.

Reid, sin dirigirle la mirada, sirvió los platos y dos copas de vino. Era obvio que había descubierto la bodega de su padre.

Juliet, nerviosa, se preguntó cómo iba a evitar beberlo cuando ya estaba servido. Sobre todo porque nunca antes había rechazado una copa de vino en presencia de Reid.

También la preocupaban los aromas a comida que llenaban cada rincón de la espaciosa cabaña. Si empezaba a sentir náuseas no tendría adónde ir ni dónde esconderse del escrutinio de Reid.

Por el momento se encontraba bien. No podía identificar los aromas que la asaltaban, pero eran agradables y de hecho el estómago empezó a hacerle ruido en vez de encogérsele.

—¿Qué vamos a cenar? —le preguntó a Reid, que llegaba de la cocina con un plato de pan.

Él alzó la cabeza para mirarla y ella simuló no notar el destello de calor en sus ojos chocolate. También simuló no sentirlo, dado que la llenó y se introdujo en todos los oscuros resquicios de su ser que más lo echaban de menos durante las largas noches en las que no podía conciliar el sueño.

—Tienes una despensa muy bien provista —dijo, apartándole una silla para que se sentara—. Por no hablar del congelador y la comida fresca que compraste de camino —rodeó la mesa y se sentó frente a ella—. He encontrado medallones de buey y una jarra de salsa e incluso masa de pan congelada. Solo nos falta una ensalada de lechuga con vinagreta de frambuesa —le sonrió, y ella no pudo evitar mover la cabeza.

—No puedo creer que cocines —admitió con sinceridad.

Sabía que tenía una fortuna de más de veinticinco millones de dólares. Y su compañía, una de las empresas de investigación de alta tecnología de más éxito del país, probablemente valía cerca de mil millones, no pensaba que tuviera tiempo de cocinar ni que siquiera supiera hacerlo.

A diferencia de Paul, que alardeaba de su éxito financiero y gastaba dinero en cosas caras para impresionar a sus colegas, las necesitara o no, Reid era discreto y nadie adivinaría el tamaño de su cuenta bancaria al mirarlo.

Juliet lo había visto luciendo un traje de Armani, y habría hecho honor a la portada de la revista de moda masculina *GQ*. La vez que lo había visto con esmoquin había pensado que cualquiera de los James Bond que habían aparecido en la gran pantalla parecían jorobados sin gracia en comparación con él.

Sin embargo, él solía conformarse con unos pantalones y una camisa blanca, a veces acompañados de una americana. La corbata no solía durarle puesta más allá del mediodía.

En ese momento llevaba ese tipo de ropa de negocios informal, con la camisa remangada. El estilo no era elegante ni caro. Aunque ella sabía que contaba con ropa costosa, dudaba que constara en su atuendo de diario.

Pero eso no desmerecía en absoluto al hombre que era. El que había pasado tiempo en el Ejército adiestrándose antes de iniciar su propia empresa de investigación, en la que podía utilizar su cerebro además de sus músculos.

Esa era otra razón por la que sabía que no conseguiría rehuirlo si él no quería. Podía utilizar los recursos de su empresa, su destreza personal y, si hacía falta, su inmensa fortuna, para encontrarla sin molestarse en cobrar a sus hermanas por el tiempo y el dinero invertidos. Era testarudo, persistente y, por lo visto, seguía empeñado en hacerla sufrir.

Por desgracia para ella, para eso bastaba que estuviera con él en la misma habitación.

Pero la cena tenía un aspecto y un aroma deliciosos, así que no todo era malo. Alzó el tenedor y el cuchillo y esperó para no ser la primera en comer. Reid inclinó la cabeza y le hizo un gesto para que empezara.

—Mi madre solía decirme que nada impresiona tanto a una mujer como un hombre que sabe cocinar –dijo él–. Así que dejé que me enseñara y luego aprendí algo más por mi cuenta.

–¿Y te funcionó? –preguntó ella.

–No lo sé. ¿Estás impresionada? –se metió un trozo de carne en boca y masticó lentamente.

–La verdad es que sí –admitió ella a su pesar. No tendría que estar allí, tan cómoda con él con todo lo que tenía en la cabeza.

–Entonces, funcionó.

Durante unos minutos comieron en silencio.

–¿Por qué no guisaste nunca cuando estábamos… –calló a media frase, sin saber bien qué decir–. «¿Cuando estábamos juntos?». «¿Cuándo estábamos inmersos en nuestra tórrida aventura?».

–Nunca pareció haber tiempo –dijo él con el rostro rígido–. Siempre parecíamos tener prisa e íbamos directos a… otras cosas. O nos encontrábamos en sitios en los que no había cocina y que, en cualquier caso, no nos habríamos molestado en utilizar porque estábamos demasiado ocupados con… otras cosas.

Sus indirectas no podían haber sido más claras y el rostro de ella llameó por los recuerdos así como por su tono sugerente.

–Además, siempre querías comida para llevar o de entrega a domicilio. No habría sido mi elección, pero te hacía feliz –alzó un hombro y cortó otro trozo del medallón de carne–. Y nos daba más tiempo para hacer lo que mejor hacíamos.

Esa era la razón de que ella no lo quisiera allí. Había demasiada historia entre ellos y él no sentía ninguna timidez a la hora de sacarla a la luz. Sospechaba que lo haría a menudo, para pincharla y recordarle lo que habían compartido. Lo que se había estado perdiendo desde que lo había dejado y había vuelto a su compromiso anterior y a la planificación de su boda.

Además, la conocía demasiado bien. Recordaba cómo solía observarla de reojo, escrutando cada movimiento. Se ganaba la vida como detective. Suponía que podría engañarlo un tiempo, pero antes o después él se daría cuenta de que ocurría algo más; que había alguna razón concreta para que no hubiera seguido adelante con la boda. Era demasiado astuto en ese sentido.

Cuando bajó la mirada comprobó que su plato estaba casi vacío.

Desesperada por cambiar de tema, se limpió la boca con la servilleta y se recostó en la silla.

—¿Cómo me has encontrado?

Reid también había vaciado su plato. Así que se apartó de la mesa y la miró.

—Por el GPS de tu teléfono móvil.

—Aquí arriba no hay cobertura. Y lo apagué mucho antes de llegar.

—Sí, pero estaba encendido cuando saliste de la ciudad y algo más tarde. Revisé dónde habías estado y luego investigué hasta descubrir que tu familia tenía una propiedad en esta zona.

—¿Y si no hubiera estado aquí? ¿Y si hubiera cambiado de opinión y seguido hasta Las Vegas, Canadá o México?

Él arqueó una ceja con ironía.

—Entonces habría tardado un par de días más, pero también te habría encontrado.

Ella volvió a sentir ese estremecimiento que la hacía sentirse como una damisela en apuros finalmente rescatada por su fuerte y conquistador caballero de brillante armadura.

Reid era fuerte, conquistador y también posesivo. Pero ninguno de esos rasgos la había abrumado. Nunca había hecho que se sintiera frágil o débil, controlada o manipulada. Solo había hecho que se sintiera segura. A salvo del peligro, libre para ser ella misma en su presencia.

En los últimos tiempos, parecía haber estado interpretando un papel para todos los demás. Simulando ser feliz. Simulando estar emocionada por la boda y satisfecha de su relación con Paul.

No solo tenía que simular con Paul y sus padres, sino también con sus hermanas, lo más difícil de todo. Sabía que la apoyarían si les decía la verdad, si les hablaba de la actitud agresiva de Paul y de su relación con Reid.

Pero no podía. Todo seguía siendo un lío en su cabeza. Si ella no conseguía entenderlo, ¿cómo iban a hacerlo sus hermanas?

—Bueno, espero que a todos les quede claro, cuando les digas dónde estoy, que no estaba huyendo. Solo necesitaba algo de tiempo a solas. Si no fuera así habría ido a uno de esos otros sitios, muy lejos. Tal vez incluso al extranjero.

Le parecía importante que la gente entendiera

eso. Esperaba que la hiciera parecer menos cobarde. Menos esa horrible y despreciable novia a la fuga que había humillado a Paul.

Reid llevó la mano a la copa de vino. Miró la copa aún llena de ella, que contuvo el aliento esperando la inevitable inquisición que seguiría. Pero él se limitó a tomar un sorbo de burdeos.

–Ya he hablado con ellos y se lo he dicho.

–¿Has hablado con ellos? –Juliet se inclinó hacia delante como un resorte–. ¿Con quién? ¿Con Lily y Zoe o con mis padres? ¿O con Paul? ¿Qué les has dicho? ¿Qué dijeron? ¿Cómo lo has conseguido, aquí no hay señal?

Dijo la última frase con ojos suspicaces y entrecerrados. Reid tuvo la poca vergüenza de sonreír de oreja a oreja.

–No te preocupes, no les dije dónde estás exactamente. Hablé con Lily y le recordé que ella no había querido que nadie supiera su paradero cuando se fue a Los Ángeles, y lo entendió. Solo les dije que te había localizado, que estabas bien y que me quedaría cerca un tiempo para asegurarme de que siguieras así.

–¿Eso les pareció bien? –preguntó Juliet.

–Soy de confianza –replicó él levemente ofendido–. Además, prometí llamarlos si algo cambiaba y mantenerlos al tanto de la situación.

Juliet, aunque suponía que tendría que estarle agradecida, frunció los labios.

–Ah, y tengo un teléfono por satélite. Por eso pude hablar con ellos.

Ella apretó los dientes. Ese hombre la enervaba.

—¿Te ha ocurrido alguna vez no estar preparado para cada eventualidad?

Él se llevó la copa de vino a la boca y dio un trago largo y pausado antes de hablar.

—No —contestó con una sonrisa de superioridad.

Juliet cerró la puerta de su dormitorio y se aseguró de echar el cerrojo. No temía a Reid, pero no quería que entrara por sorpresa. Ya le costaba bastante estar en la misma casa que él sin que se le dispararan los nervios.

En cuanto acabó la cena y dejó pasar un tiempo de cortesía, alegó cansancio y se escabulló. No era mentira; había sido un día largo y estresante, y el embarazo incrementaba su necesidad de descanso. Era lo bastante tarde como para poder encerrarse hasta la llegada de la mañana sin desvelarle a Reid que intentaba evitarlo.

Con un suspiro, se apartó de la puerta y cruzó la espaciosa habitación. Cuando toda la familia iba al lago, ese era el dormitorio que ocupaban sus padres. Sus hermanas y ella se repartían los demás o dormían todas juntas en el ático.

Se alegró de haber elegido el enorme dormitorio con cuarto de baño adjunto; así se libraba del riesgo de cruzarse con Reid cada vez que quisiera utilizar el baño del pasillo.

Se quitó los zapatos, se desnudó y dejó la ropa en un montón, junto al armario. La recogería después pero en ese momento solo quería una ducha caliente y ponerse un pijama cómodo.

Sintiéndose mucho mejor tras la ducha, se envolvió el pelo en una toalla y se puso un pijama de franela. Por suerte, cuando había parado en casa para recoger cosas había optado por ropa de cama caliente y cómoda.

El pijama era femenino, de cuadros rosas y verdes con detalles de satén, pero le tapaba de pies a cabeza. La mayoría de sus camisones eran escotados y apenas cubrían hombros y piernas; partes del cuerpo que no quería compartir con Reid en esa visita.

Volvió al dormitorio y dobló la ropa. Sabía lo que encontraría en el armario pero se sentía lo bastante fuerte para verlo. Abrió las puertas y sus ojos se enfrentaron a metros y metros de tafetán y encaje, blanco como la nieve, tan bello que le quitaba el aliento cada vez que lo veía.

Tenía unas leves manchas que esperaba que salieran. Lily la mataría si no era así. Su hermana había dedicado mucho tiempo y amor al vestido, porque quería ofrecerle algo único y espectacular que lucir en su camino al altar.

Lily había dicho a menudo que una de las hermanas Zaccaro tenía que lucir un modelo de diseño propio en su boda. Además de estar fabulosa, haría publicidad de Modas Zaccaro.

Sin embargo, Juliet había huido antes de que

nadie viera el vestido de cuento de hadas diseñado por Lily. Había conducido largo rato con él puesto, hasta que se detuvo a cambiarse en el aseo de una zona de descanso, camino de Vermont.

Pensó que sería mejor callarse esa parte, o Lily la mataría.

Dejó el armario abierto y se sentó al borde de la cama, contemplando el vestido.

Ya había decidido que no se casaría con Paul. Nunca. En algún momento tendría que verlo, pedirle disculpas y explicarle por qué lo había abandonado ante el altar tras haberle asegurado que quería seguir adelante con la boda que había cancelado solo unas semanas antes. Con suerte, sería en un lugar público ante un montón de testigos para evitar que él le hiciera una escena.

Así que volver a utilizar el vestido con él no era una opción. La imagen de Reid luciendo un esmoquin le invadió la mente, no sabía si querría reciclar ese vestido o utilizar otro nuevo.

Pero odiaba la idea de que se echara a perder. De que quedara colgado en el armario, olvidado para siempre, o que acabara en una tienda benéfica, donde alguien lo compraría por veinte dólares sin saber que era un auténtico tesoro.

Se levantó de un salto y fue hacia la bolsa de viaje en la que había metido lo que creía que podría necesitar mientras se escondía para reflexionar. Sacó un bloc de dibujo y lápices; casi nunca salía de casa sin ellos, ni siquiera en mitad de una crisis.

Sonriendo para sí, se sentó en la cama con las

piernas cruzadas, mirando el vestido de novia maldito. Incluso en sus peores momentos era diseñadora por encima de todo.

Hacía mucho que no tenía tiempo para trabajar como a ella le gustaba. Lily y Zoe habían llevado el peso de la empresa los últimos meses, mientras ella se centraba en los preparativos de la boda, en el mal comportamiento de Paul y en su inapropiada pero irresistible atracción por Reid.

Seguía habiendo muchas distracciones en su vida, pero se sentía revitalizada creativamente. Ansiosa por volver al trabajo, tal vez porque dibujar la haría olvidar sus problemas un rato. Incluso era posible que tuviera una revelación para solucionarlos mientras estaba centrada en algo que no tenía nada que ver con ellos.

Así que convertiría su dilema con el vestido de novia en una solución. Un punto de partida para una nueva serie de bolsos que haría que Lily y Zoe perdonaran su derrumbamiento emocional y su súbito acto de desaparición.

Sus padres tal vez no lo harían, ya que ellos eran quienes perderían el dinero invertido en los planes de boda, pero tal vez la noticia de que iba a darles su primer nieto suavizaría el golpe.

Extendió carboncillo y lápices de colores ante sí y empezó a garabatear. Solo formas y trazos al principio, similares a flores. Después, diseños más sólidos y estructurados aparecieron en su cerebro y su mente tomó otro rumbo. Trabajó esmeradamente mientras tarareaba una canción.

***

Era la tercera vez que él le llevaba comida china. Eso se estaba convirtiendo en un placer oculto. Él la llamaba o ella lo llamaba a él. Si sus hermanas estaban en casa, ella iba a la de él, que le dejaba la puerta abierta. Esos encuentros secretos hacían que se sintiera tanto culpable como vibrantemente vida.

Los encuentros significaban mucho para ella. Podía hablar con Reid de cosas que no había compartido con nadie y estando con él sentía que podía respirar tranquilamente y ser ella misma.

Por esa razón no había podido parar. Aún.

Además, solo era comida para llevar, no una cena romántica a la luz de las velas. Pollo agridulce, un par de copas de vino y conversación amistosa que no se centraría en su boda ni en Modas Zaccaro.

Reid llamó a la puerta y ella sintió un revoloteo de mariposas en el estómago que se le extendió al resto del cuerpo.

En cuanto abrió, él la recorrió de arriba abajo con la mirada, envolviéndola en una oleada de calor febril.

Se preguntó si estaba incubando algún virus, porque esa reacción ante Reid era equivocada y nada típica de ella. Solía ser sensata y constante, pero no se sentía así cuando estaba cerca de Reid McCormack.

Sonriendo, fue al sofá, se sentó y sacó los envases de la bolsa del papel uno a uno. Juliet fue a por cubiertos y vino antes de reunirse con él.

Acomodarse a su lado era lo más natural del mundo. Excepto por las pequeñas descargas eléctricas que le recorrían el cuerpo y le erizaban el vello. La sensación se intensificó cuando sus rodillas se rozaron.

Le costaba respirar y esperó que él no notara el temblor de sus dedos mientras servía el vino.

Haciendo un esfuerzo por controlarse, cerró los ojos e inhaló profundamente antes de parpadear. Reid estaba a centímetros de ella, mirándola fijamente. Volvió a quedarse sin aire.

–¿Qué te parece algo de música? –preguntó él de repente. Sin darle tiempo a contestar, se levantó del sofá y fue hacia una mesita en la que había un iPod conectado a unos altavoces.

Por desgracia, era el iPod de Zoe, así que sería difícil que Reid encontrara una canción que no les reventara los tímpanos a ambos.

Sin embargo, para sorpresa de Juliet, investigó las listas de reproducción y encontró una bella pieza instrumental clásica que llenó la habitación de serenidad y romanticismo.

Juliet agradeció la serenidad pero temió que el romanticismo precipitara su caída al abismo.

Reid volvió al sofá, y durante treinta minutos charlaron y comieron. En realidad, fue él quien habló, Juliet se limitaba a asentir o contestar con frases breves en los momentos apropiados.

Se sentía como una muñeca de plástico, rígida e incapaz de moverse. No sabía si él percibía su incomodidad o si en realidad se sentía tan mal por lo cómoda que estaba con él.

–¿Has terminado? –preguntó Reid de repente.

Ella miró su plato y comprobó que estaba casi vacío. Solo quedaba un poco de arroz y verdura, pero se sentía incapaz de tragar un bocado más. Dejó el tenedor en el plato y él lo colocó sobre la mesita de café. Después se puso en pie y le ofreció una mano.

–Bailemos –dijo.

El corazón de Juliet tamborileó en el pecho mientras se debatía entre el deber y el deseo. Quería hacerlo aunque sabía que no debía.

Pero él no le dio opción. Se inclinó hacia ella, le agarró los dedos y tiró de ellos. Fue hacia sus brazos como agua fluyendo hacia un arrollo, con suavidad y naturalidad.

Él la retuvo unos segundos contra la sólida pared de su pecho. La calidez de su piel traspasaba el tejido de la camisa blanca y del de su vestido de satén, instalándose en lo más profundo de su ser. Era una sensación deliciosa.

Estuvo a punto de cerrar los ojos y fundirse con él, deseando que el momento durara para siempre. Pero él se apartó levemente y la llevó hacia el espacio abierto que había junto a las ventanas. El sol se estaba poniendo y teñía el cielo gris humo con toques de naranja y lavanda.

La bella música clásica hizo que Juliet pensara

vaporosos vestidos de noche, esmóquines negros y un salón de baile lleno de parejas que bailaban en sincronía perfecta.

Atrayéndola contra su pecho, Reid le rodeó la cintura con un brazo y puso la otra mano encima de la suya. Como si tuvieran vida propia, los dedos de la mano que tenía libre se posaron sobre el hombro de él. Intentó ignorar el cosquilleo que sentía en las yemas de los dedos.

Él empezó a bambolearse al ritmo de la música, apretando su mejilla contra la sien de ella. Juliet dejó que sus ojos se cerraran e inspiró profundamente. Luego dejó escapar un suspiro.

–¿Dónde están tus hermanas? –susurró él por encima de su oreja.

–Zoe está cerrando la tienda y luego irá de clubes con sus amigos –le contestó, cuando recuperó la voz y la voluntad de hablar–. Y Lily está en Los Ángeles con Nigel.

–Así que esta noche tienes la casa para ti sola. ¿No hay riesgo de interrupciones?

Ella tragó saliva y negó con la cabeza.

Bien –murmuró él antes de que su boca descendiera por la de ella.

Tenía los labios cálidos y, sin duda, sabía besar. La poseía y tomaba de ella, pero daba mucho a cambio. Al principio la presión fue suave, tentativa, hasta que supo que no iba a rechazarlo. Entonces sus labios se afirmaron y, con una suave caricia de la lengua, buscó la entrada en su boca. Llevaba demasiado tiempo deseándolo.

La música llenaba la habitación y su mente, provocándole escalofríos. Pero tal vez eso fuera debido a Reid. A su contacto, su beso y la anticipación por lo que estaba por llegar.

Él deslizó las manos de sus hombros a sus muñecas, de su cintura a sus caderas, para volver a subir por espalda. Ella se limitó a aferrarse a sus anchos hombros, temiendo que si lo soltaba se derretiría a sus pies formando un charquito.

Reid abandonó sus labios y empezó a mordisquearle la mandíbula, subiendo al lóbulo de su oreja. Ella gimió por la interrupción del beso y cuando le succionó un punto especialmente sensible del cuello.

—Si hacemos esto, ¿te odiarás por la mañana? —preguntó él con voz suave.

—Probablemente —admitió ella. En ese momento eso no era algo que le preocupara.

—¿Me odiarás por ello?

Ella alzó los párpados y la mente se le despejó por completo. Él la observaba con expresión seria. Esperaba su respuesta, de la que dependía el desarrollo del resto de la velada.

—No —le dijo. Breve y sincera.

Nunca lo odiaría, pasara lo que pasara entre ellos. Por mucha culpabilidad que tuviera que arrastrar tras de sí durante el resto de su vida.

Ocurriera lo que ocurriera esa noche con él, recaería solo sobre ella. Y lo deseaba. Quería estar allí con él, tal y como había imaginado tantas veces durante tanto tiempo. Olvidó todo lo demás. Todo excepto las manos de Reid en su cuerpo, su mirada y su boca cargada de promesas de placer.

–Bien.

Le introdujo los dedos en el cabello, enmarcándole la cabeza con las manos y sujetándolo mientras le devoraba la boca. Ella bajó las manos por su espalda y estrujó la tela de su camisa.

La besó durante largos minutos. Después, le puso un brazo en la cintura y el otro bajo las piernas y la alzó en el aire. Aunque ella no lo esperaba, se sintió cómoda y deseó apoyar la mejilla en su hombro, como haría una damisela en apuros.

Juliet señaló la escalera; Reid subió los escalones de dos en dos. Cuando le indicó la puerta de su dormitorio, él entró y cerró la puerta a su espalda de un taconazo.

La llevó a la cama, perfectamente hecha, con dos filas de cojines, digna de una portada de revista de decoración. El estilo y el orden ayudaban a Juliet a sentir que tenía más control sobre el mundo que la rodeaba.

Resultó obvio que Reid no pensaba lo mismo cuando, sin soltarla, tiró la mitad de los cojines al suelo y apartó el cobertor de la cama.

Solo entonces la dejó sobre las sábanas estampadas con diminutas violetas a juego con el color del cobertor y los cojines. De repente, ella se avergonzó por la femineidad de la habitación siendo Reid tan masculino.

Pero él no parecía en absoluto interesado en la decoración. Solo tenía ojos para ella, su mirada la quemaba, encendiendo una hoguera en su interior.

Se estremeció cuando él empezó a desabrocharse la camisa y sus músculos se tensaron bajo el algodón. Sus dedos parecían de bronce en contraste con el blanco del tejido.

Uno a uno, los botones se abrieron, tentándola con piel tersa que dejaban entrever. Cuando llegó al último, se sacó la camisa del pantalón y se libró de ella, dejándola caer al suelo.

Juliet tragó con fuerza. Tenía ante sí el torso desnudo que llevaba semanas imaginando. Ancho, bien definido y salpicado de vello oscuro. Era obvio que hacía gimnasia y mantenía el estado físico de su época de militar a pesar de su ocupación.

Inclinándose sobre ella, le desabrochó el fino cinturón que le rodeaba la cintura y le llevó las manos hacia el bajo de su vestido de satén. Lo subió hacia arriba despacio, deslizando las manos cálidas y callosas por sus muslos, cintura y pecho, hasta sacárselo por la cabeza.

Ella se quedó en bragas y sujetador. Un sexy conjunto de satén y encaje color magenta, a juego con el vestido que Reid le acababa de quitar. Intentó no retorcerse bajo el intenso escrutinio de los ojos marrones que parecían lava ardiente.

Se irguió mientras él se inclinaba. Sus bocas y sus cuerpos se encontraron a medio camino.

Le enredó los dedos en el cabello y le sujetó la cabeza mientras ella le desabrochaba el cinturón. Reid emitió un gruñido cuando ella se concentró en la bragueta de su pantalón, abrió el botón y tiró lentamente de la cremallera. Volvió a gruñir cuando ella posó las manos en el slip, disfrutando de su calor y dureza, del poder de tenerlo a su merced, en la palma de su mano.

O tal vez fuera ella la que estaba a su merced. Él deslizó las manos hacia el cierre del sujetador y lo desabrochó. Los tirantes se deslizaron hombros abajo y él le quitó la prenda, dejándola expuesta al aire y a su mirada.

Ella dejó que la echara sobre el colchón, pero le puso las manos en los hombros para obligarlo a seguirla. Él introdujo los dedos bajo el elástico de sus bragas y tiró de ellas, deslizándolas piernas abajo. Después se sentó sobre los talones.

Sin dejar de mirarla, metió la mano en el bolsillo del pantalón, sacó la cartera y sacó un preservativo que dejó caer encima de su estómago.

Después se libró de los pantalones y los dejó caer al suelo con el resto de la ropa. Ella apartó el paquetito a un lado y alzó los brazos, invitándolo a acercarse más.

Durante un instante se sintió como Caperucita Roja a punto de ser devorada por un peludo y salvaje depredador. «Ay, qué grande tienes... todo».

A pesar de la ansiedad que ambos sentían, la besó con suavidad y dulzura. Sus pezones se erizaron bajo el contacto de su piel firme y dura.

Se movió levemente, dejando que la fricción incrementara sus sensaciones, adorando el peso que la hacía hundirse en el colchón, sintiendo el calor sugerente de su miembro sobre el sexo. Le acarició la espalda, cosquilleando su columna hasta la parte superior de sus muslos, para luego volver a llevarlas a su cabeza. Él gruñó y ella emitió un largo suspiro cargado de placer.

Reid rodó hacia el centro de la cama, llevándola con él. Introdujo una mano entre ambos cuerpos para moldearle los senos y pasarle el pulgar por los pezones hasta que ella deseó mucho más.

Y se lo dio. Giró hacia el otro lado y presionó la pelvis contra la de ella, que alzó las piernas para rodear su cintura y apretarse contra él.

Jadeaba cuando separó los labios de su boca, pero no era la única. El pecho de él subía y bajaba con cada jadeo y su piel tersa y bronceada brillaba con una fina capa de sudor.

–Me estás matando –murmuró él, besándole las clavículas, un hombro, la curva de los pechos.

–Tendrías que estar dentro de mi piel –consiguió decir ella.

–Me encantaría –contestó él con una sonrisa lasciva y sensual. Pasó la mano por la cama buscando el preservativo, que encontró bajo la nalga izquierda de Juliet. Lo abrió con una risita.

–Eso no debería estar ahí –bromeó.

–Ya, ya –confirmó ella–. ¿Te gustaría enseñarme dónde debería estar?

Le quitó el cuadradito de aluminio y rasgó una esquina. Con manos temblorosas, intentó sacar el círculo de látex. Cuando por fin lo consiguió, lo situó en la punta de su erección.

Lo sintió ardiente, duro como el acero pero, al mismo tiempo, suave como el terciopelo. Lo acarició desde la base hasta la punta, lentamente.

–Si sigues así, vamos a perdernos toda la diversión –gruñó Reid, ensanchando las aletas de la nariz.

Ella pensó que era de lo más divertido ver cómo se le tensaban los rasgos mientras lo mantenía tenso, al borde del placer. Pero quería más, quería la diversión real que sabía que la esperaba.

Mordisqueándose el labio inferior, resistió el impulso de seguir explorándolo y se concentró en desenrollar y colocarle la fina protección.

Lo cierto era que nunca lo había hecho antes. Podía contar con los dedos de las manos las relaciones lo bastante íntimas como para requerir un preservativo, y el hombre con el que había estado con más frecuencia, Paul, solía ocuparse del asunto él mismo para ir directo al mecánico acto sexual. Hacía tanto que no lo hacía con él que ni siquiera recordaba si había sido más que eso. Si alguna vez había sido algo apasionado y necesario en vez de predecible y obligatorio.

Aún no habían llegado a lo bueno y estar con Reid ya superaba con creces cualquier cosa que hubiera experimentado con Paul.

Reid hacía que se le curvaran los dedos de los pies. Todos los poros se le erizaban solo con estar en la misma habitación que él. Estar desnuda y bajo su cuerpo multiplicaba el voltaje por mil y le surcaba las venas como un torrente eléctrico.

El remordimiento por lo que sentía, y por lo que iba a hacer, intentó hacer acto de presencia, pero lo aplastó. Había tomado una decisión.

Sabía que no podía seguir adelante con su boda con Paul. Tendría que romper con él de inmediato. Empezó a desear haber escuchado esa vocecita que se lo indicaba hacía semanas.

Lo único que quería era estar con Reid. Allí, en ese momento, al menos una vez. Y al diablo con las consecuencias. Fueran las que fueran, se enfrentaría a ellas por la mañana.

Sus dedos se detuvieron y él le agarró la mano para situarla donde la quería y comprobar que el preservativo estaba bien puesto. A continuación, entrelazó los dedos con los de ella y le echó las manos hacia atrás para obligarla a tumbarse.

–Mucho mejor –murmuró contra su boca–. ¿Estás lista?

El cuerpo de ella se tensó como si alguien hubiera introducido una cuerda desde la base de la columna a la nuca y dado un tirón. Estaba más que lista. Igual que un velocista antes del pistoletazo de salida, como chocolate fundido a punto de cubrir un suculento trozo de fruta.

Sin embargo, se sentía incapaz de hablar. Entreabrió los labios pero ningún sonido escapó de su garganta reseca. Tragó saliva e intentó lamerse los labios, pero no sirvió de nada.

Rindiéndose, inspiró profundamente y, mientras sus senos subían y bajaban junto al pecho de él, asintió.

Él esbozó una sonrisa tan amable y comprensiva que a ella se le hinchió el corazón. Después le besó los bordes de la boca para luego pasar al centro y deslizar la lengua en su interior y explorarla larga y tendidamente.

Entre tanto, sus manos exploraron su cintura, caderas y el interior de los muslos. Los entreabrió con gentileza, haciendo sitio para moverse y frotarse contra ella hasta enloquecerla.

Sin dejar de besarla, le moldeó las nalgas con una mano y el montículo del sexo con la otra. Ella gimió en su boca, revolviéndose contra él mientras los dedos jugueteaban con los suaves pliegues de la carne hinchada.

Estaba húmeda de deseo, que él incrementaba torturándola sin descanso. Frotando, moldeando e imitando con su mano el ritmo que seguiría su cuerpo cuando estuviera dentro de ella.

—Reid —gimió con voz tenue—, por favor...

—Ya no necesitas más juego previo, ¿no?

Ella sintió el movimiento de su mejilla rasposa esbozando una sonrisa contra la de ella.

—Ya hace horas de eso —rio en respuesta—, no lo necesitaba para empezar.

—Pues haberlo dicho —gruñó él. Le dobló las rodillas y se colocó sus piernas alrededor de la cintura. Buscó la húmeda entrada de su sexo y se introdujo en ella con una embestida lenta y fluida.

Ella tragó aire mientras se acostumbraba a su tamaño y su calor, que la llenaban por completo.

—¿Todo bien? —preguntó él, jadeante. Ella emitió un gemido y apretó las piernas alrededor de su cintura–. Me tomaré eso como un sí.

–Sííí… –afirmó ella, arqueando la pelvis y contrayendo los músculos internos mientras se aferraba a sus hombros y lo atraía más cerca.

Reid dejó escapar una maldición y, un segundo después, empezó a moverse con lentitud y poder. Cada vez que se retiraba, ella quería gemir por la pérdida. Cada vez que la llenaba, quería gritar de puro éxtasis.

La presión y las sensaciones se acrecentaron, al principio como las ondas de una piedrecita lanzada a un estanque, después concentrándose más y más, como los bucles de un muelle. Ella, incapaz de controlarse, arrastró las uñas por su espalda, a riesgo de dejarlo marcado.

Las manos de Reid parecían estar en todas partes al mismo tiempo. En sus hombros antes de recorrer sus costados, sobre sus nalgas y de vuelta a su cintura para volver a los senos y frotarle loas pezones, despertando cada nervio de su cuerpo.

Durante largos minutos, sus respiraciones agitadas y el movimiento de sus cuerpos al unísono llenaron la habitación. Ella sintió el sabor de la sangre cuando se mordió el labio inferior, dominada por el éxtasis.

Se aferró a él jadeante, desesperada, murmurando su nombre una y otra vez, buscando esa culminación del placer que él podía proporcionarle pero que seguía reservándose.

De repente, las manos de Reid se tensaron como

tenazas sobre su piel y empezó a penetrarla con más fuerza, rapidez y profundidad.

El clímax, cuando llegó, fue como la embestida de un tren fuera de control. Súbito y tan intenso que se hundió en el colchón mientras Reid se tensaba sobre ella y profundizaba aún más.

Segundos después, se derrumbó sobre ella con un largo suspiro satisfecho. Sintió su peso como una manta cálida y pesada que hacía que se sintiera segura, rodeada y dispuesta a seguir así eternamente.

Reid cambió de postura, salió de ella y se tumbó de lado. Una vocecita en la cabeza de Juliet gritaba :«No, no, aún no, por favor. Por favor que no se acabe todavía».

Él la rodeó con los brazos y la apoyó contra su pecho.

—Espero que no te importe —dijo con voz ronca—, pero voy a quedarme un rato. Si vuelven tus hermanas, me esconderé en le armario.

—¿Te importa si me escondo contigo?

—No permitiría que no lo hicieras —Reid soltó una risita y ella sintió la vibración de su pecho bajo la mejilla.

Capítulo Cinco

Sentado ante la isla de la cocina de la casa del lago, Reid miró el reloj por cuarta vez en diez minutos. Impaciente, tamborileó con los dedos sobre la encimera y se resistió al impulso de balancearse en el taburete como un colegial.

Se preguntó por qué tardaba tanto.

Aunque no conocía al dedillo su rutina diaria, o no tanto como habría deseado, dormir más allá de las diez de la mañana le parecía excesivo para una mujer como Juliet. Sus hermanas y ella no habrían convertido Modas Zaccaro en una empresa de diseño de éxito pasándose el día tumbadas en la cama.

Además, conocía a Juliet. Era muy ordenada. De esas mujeres que se acostaban pronto y se levantaban temprano.

Que él llevara levantado desde las seis de la mañana tras una noche sin pegar ojo no ayudaba nada. Había sido imposible descansar sabiendo que ella estaba al otro lado del pasillo. Solo los separaban unos cuantos pasos y dos finos paneles de madera.

Había pasado la mitad de la noche paseando por la habitación, irritado como un tigre enjaulado, intentado liberarse de la frustración y tensión nerviosa contenidas mientras estaba en la misma habitación con Juliet. Lo último que quería era matar el tiempo en la casa familiar del lago cuando tendrían que estar de camino a Nueva York. No sabía lo que ocurriría una vez allí, pero dejarla en manos de sus hermanas le quitaría un gran peso de encima.

Eso era lo que deseaba, supuestamente. Liberarse de Juliet y del clan Zaccaro cuanto antes. Sin embargo, la noche anterior no había presionado a Juliet para que volvieran a Nueva York. Ni se la había echado al hombro para llevarla al Range Rover, atarla y echarla al asiento trasero si era necesario.

Volvió a mirar el reloj de pulsera. Eran las diez y veinte. Estaba harto. Pasara lo que pasara, tenía que ser pronto. Aunque eso implicara echarle un cubo de agua helada a la Bella Durmiente para sacarla de la cama.

Recorrió el pasillo y levantó el puño para llamar, pero se quedó inmóvil al oír un sonido peculiar al otro lado de la puerta. Ladeó la cabeza.

Silencio.

Esperó unos segundos y levantó la mano. Antes de que los nudillos tocaran la madera, escuchó el mismo sonido, algo menos apagado. Con el ceño fruncido, giró el pomo y entró para ver si Juliet seguía en la cama. Estaba vacía. Las sábanas estaban arrugadas, demostrando que había dormido allí, pero ya no estaba.

Volvió a oír el extraño sonido y volvió la cabeza al cuarto de baño. Sonaba como...

Llegó al cuarto de baño en cuatro zancadas y un vistazo le demostró que tenía razón. Juliet estaba en el suelo, abrazada al inodoro, vomitando como una borracha tras una semana bebiendo.

–Santo cielo, Juliet.

Llegó a su lado, apoyó una rodilla en el suelo y le apartó el pelo de la cara. Tenía el rostro ceniciento, los labios secos y entreabiertos.

–¿Estás bien? –preguntó con un susurro seco. De inmediato, se sintió como un idiota por hacer una pregunta tan estúpida. Era obvio que distaba de estar bien.

Lo que no entendía era qué podía haber pasado en las últimas diez o doce horas para que se pusiera tan mal. La noche anterior había estado bien; si era la gripe, había atacado de sopetón.

Se preguntó si era una intoxicación alimentaria. Ambos habían comido lo mismo y él estaba bien. Si algo de lo que había cocinado le había provocado ese efecto, se sentiría fatal.

–Cariño –murmuró–. Lo siento. Espera, deja que te ayude.

Ella gimió e intentó apartarle, pero él se limitó a quitarle los mechones rubios del rostro antes de levantarse para ir al lavabo. Humedeció una toalla con agua fría, la retorció y empezó a pasársela por las mejillas, la frente y la nuca.

Para su alivio, ella suspiró y pareció relajarse, como si el frescor húmedo la reconfortara.

Siguió humedeciéndole la cara y acariciándole el pelo unos minutos. De repente, sin previo aviso, ella se echó hacia delante y empezó a vomitar de nuevo.

A Reid le dio un vuelco el corazón. Lo único que deseaba era que parase de vomitar, que se sintiera mejor.

En cuanto se le pasaron las últimas arcadas y Juliet se derrumbó en el suelo, Reid se levantó de un salto, enrolló una toalla grande para formar una almohada y la puso bajo su cabeza. Refrescó la toallita de tocador y se la puso en la frente.

–Volveré enseguida –dijo. Corrió a la nevera y regresó en menos de un minuto.

–Toma –murmuró, sentándose en el suelo, rodeándola con los brazos y alzándola. Ella gimió cuando le besó la frente y abrió la lata de gaseosa que le había llevado–. Toma un sorbo. Hará que te sientas mejor, te lo prometo.

Ella obedeció, emitiendo un suspiro de deleite. Solo dejó que bebiera un poco; después apartó la lata fría y se la pasó por el rostro. Notó que eso también le gustaba.

Varios minutos después, ella empezó a moverse. Sus pestañas se alzaron lentamente y lo miró con ojos febriles. Estaba caliente por el esfuerzo, pero en realidad no tenía fiebre.

–¿Estás mejor? –inquirió él, aún sujetándole el pelo y pasándole la lata por el rostro.

–¿Qué hora es? –preguntó ella con voz ronca, tras pasarse la lengua por los labios.

–Las once y pico –contestó él, tras mirar el reloj–. ¿Por qué?

–Entonces, pronto estaré bien –musitó ella, apartándose de él para apoyarse en la bañera.

Reid tensó la mandíbula, intentando no molestarse por su súbito rechazo.

–¿Qué quieres decir con eso? –preguntó él. Una intoxicación alimentaria o un virus no llegaban con una hora de caducidad.

–Suele pasarse entre las once y las once y media –dijo ella, cerrando los ojos.

–¿Qué se pasa entre las once y las once y media? –la confusión y la sospecha lo llevaron a fruncir el ceño.

Ella movió la cabeza, rechazándolo, y se puso en pie con esfuerzo. Agarrándose al borde de la bañera y apoyando una mano en la cisterna, se inclinó hacia el lavabo. Abrió el grifo de agua fría, se mojó la cara y luego la secó con una toalla antes de echarse el pelo hacia atrás y recogerlo en una cola de caballo con una cinta elástica.

Sin decir palabra, salió del cuarto de baño con la piernas temblorosas. Reid se preguntó si se alejaba de él por cabezonería para ir a derrumbarse sobre la cama. Resoplando de frustración, se levantó y, con la lata medio vacía en la mano, la siguió.

Como temía, encontró a Juliet sobre la cama, como si su energía no hubiera dado más de sí. La maldita mujer era muy obstinada. Habría estado dispuesta a helarse en el ártico antes de aceptar el abrigo de alguien con quien no quería hablar.

79

Fue hacia la cama, dejó la lata en la mesilla, la empujó un poco y apoyó la cadera en el colchón. No la tocó, consciente de que no agradecería el contacto en ese momento, pero tuvo que cerrar el puño para no tocarle el pelo o acariciarle la mejilla.

—¿Puedes decirme qué ocurre? —preguntó con voz suave.

Ella movió la cabeza de un lado al otro.

—Reformularé la pregunta —dijo él con más firmeza—. ¿Qué ocurre?

Ella gimió y, negándose a responder, apretó los ojos con más fuerza.

—¿Tienes una intoxicación alimentaria?

—Sí —respondió ella, con demasiada rapidez.

—Curioso, porque comimos lo mismo anoche y yo me encuentro de maravilla.

Siguió un instante de absoluto silencio.

—¿Tienes la gripe?

—Sí.

De nuevo, la respuesta fue instantánea. Le estaba mintiendo y se preguntó por qué.

—Eso también es raro, porque no tienes fiebre y anoche estabas perfectamente. Así que… ¿qué? ¿Meningitis? ¿Fiebre escarlata? ¿Hidrofobia?

—¡Náuseas matutinas! —gritó ella de repente, interrumpiendo la lista de enfermedades—. Es eso ¿vale?— agarró una de las almohadas y se la puso sobre el rostro.

**

Embarazada. Estaba embarazada.

Reid había estado conmocionado unas cuantas veces en su vida, incluso en combate, pero nunca antes se había quedado sordo, mudo y ciego de golpe. Se dijo que tal vez Juliet sí tuviera algo contagioso, porque empezaba a sentirse mareado, sudoroso y revuelto. Había requerido de toda su fuerza ponerse en pie, salir del dormitorio e ir hacia el porche tambaleándose.

Estuvo allí largo rato, apoyado en la recia barandilla de madera e inspirando con fuerza mientras las rodillas le temblaban como gelatina.

La noticia de Juliet no tendría que haberlo afectado tanto. Al fin y al cabo, no era asunto suyo. Si era capaz de dejarse embarazar por el idiota de su prometido y luego huir de su boda antes de que el bastardo la convirtiera en una mujer honesta, peor para ella.

Pero se sentía molesto, físicamente enfermo, al pensar que iba a tener el bebé de otro hombre. Sobre todo de ese. Aunque Reid no conocía al tipo en persona, sabía más de la relación entre Paul y Juliet de lo que le habría gustado. Solo con pensar en cómo la había tratado...

Y, de pronto, estaba atada a ese desgraciado. Para siempre.

Se recompuso como pudo y volvió a la casa. Al no ver a Juliet, supuso que seguía en el dormitorio. Para matar el tiempo y quemar parte de la ira que lo aguijoneaba, recorrió la cocina abriendo y cerrando armarios, sin buscar nada concreto. Pensando que no le iría mal un trago, se preguntó dónde guardaría el padre de Juliet la bebida fuerte.

Unos minutos después, aún deseando el cosquilleo de un buen escocés en las venas, oyó unos pasos. Se enderezó, tomó aire y, tensando la espalda, se volvió en esa dirección.

Lo primero que notó al ver a Juliet fue que tenía mucho mejor aspecto. Estaba vestida, con la cara lavada y el pelo recién cepillado, recogido en una cola de caballo de lo más sexy.

Se dijo que no podía volver a utilizar el término sexy cuando pensara en ella. Tenía mejor aspecto, nada más.

Ella, nerviosa e incómoda, metió las manos en los bolsillos del pantalón marrón y se acercó lentamente a la isla de la cocina.

–Hola –musitó con voz queda.

–Hola. ¿Te encuentras mejor?

–Sí, gracias –contestó ella sonrojándose.

Siguió un tenso silencio. Ambos se quedaron parados en extremos opuestos de la isla central, sin saber qué decir.

Lo que Reid sabía era que tenía que volver a llevar la situación a terreno firme. Él, sobre todo, necesitaba retomar una actitud profesional.

No más suavidad ni consideración debidas a la historia que compartían. Era hora de recordarse que estaba trabajando. Ella era un trabajo. Tenía que ponerle fin y volver a la oficina.

–Mira –dijo, apartándose un poco de la encimera, sin soltarla–, lamento que te sintieras mal esta mañana, pero es obvio que ahora estás bien. Más o menos. Volveré a Nueva York para informar a tus hermanas de que estás bien. No les diré dónde, solo que necesitas tiempo para pensar y que volverás o llamarás cuando estés lista.

Ella se lamió los labios y bajó la vista. No tardó en alzar hacia él los ojos azules e inquietos.

–¿No vas a preguntarme por lo de… antes?

A él se le contrajo el pecho. Después se obligó a relajarse y controlar la respiración.

–No es asunto mío –afirmó, por el bien de ambos–. Supongo que tenías tus razones para huir del altar a pesar de tu estado, pero la mayoría de las mujeres correrían hacia el padre de su hijo, en vez de huir de él –encogió los hombros y desvió la mirada–. Estoy seguro de que tu prometido y tú lo solucionaréis. Sobre todo ahora que va a convertirse en un orgulloso papá.

Sus palabras sonaron amargas, tal vez porque lo eran. El tipo que la había dejado embarazada era un imbécil y un maltratador. Tal vez ella había huido de la iglesia por el impacto de descubrir que estaba embarazada, pero sin duda volvería a los brazos de él antes de convertirse en madre soltera.

Que Juliet hubiera sido lo bastante tonta para volver con él, y encima quedarse embarazada, hacía que Reid deseara golpear algo. Preferentemente al rostro de Paul Harris.

–Oh, no. Estoy segura de que Paul y yo no solucionaremos nada.

Él frunció el ceño y calló. No era asunto suyo. No. Cuanto antes se distanciara, mejor.

–Si dejarlo plantado ante el altar no bastó para poner fin a la historia, sin duda el bebé lo hará.

–¿Y eso por qué? –rezongó él–. Yo diría que el bueno de Paul estará aún más deseoso de boda ahora que estás embarazada de él. ¿No dañaría su preciada reputación un heredero ilegítimo?

–De eso se trata –susurró Juliet tras tomar aire–. No es su bebé. Es tuyo.

La bomba de Juliet dejó tras de sí una nube de silencio atónito y devastación flotando en el aire.

Ella no sabía por qué lo había hecho. No había tenido ninguna intención de contarle a Reid lo del bebé, a pesar de que había aparecido allí sin avisar y se había negado a irse.

Pero él la había encontrado vomitando como loca, delicioso efecto secundario del embarazo. Y tenía que admitir que había reaccionado con dulzura y preocupación.

Así que aunque no había pretendido revelarle su secreto a nadie de momento, menos aún a Reid, le debía una explicación por esa hora y media de recreación de *El exorcista*. Lo cierto era que se lo habría contado antes o después. Tenía derecho a saber que iba a ser padre, y ella no era capaz de ocultárselo para siempre.

Había decidido soltárselo como si se arrancara un esparadrapo de un tirón en cuanto estuviera vestida, presentable y capaz de mantenerse en pie sin que la habitación girara como un tiovivo.

Sin embargo, en ese momento empezaba a arrepentirse de su brillante y noble idea, porque Reid no parecía haber reaccionado nada bien.

Se había puesto pálido como un fantasma, más que ella cuando vomitaba doblada sobre el inodoro. La había mirado como si le hubieran salido alas en la espalda y hubiera echado a volar. Después, había girado en redondo y había salido.

Seguía afuera, recorriendo el porche de un lado a otro. Oía sus pasos sobre la madera.

Por la ventana, vio cómo movía la boca y negaba con la cabeza. Sospechó que no era nada agradable, al menos con respecto a ella, y puntualizado con creativas blasfemias.

Tras lo que le parecieron varias horas, Juliet emitió un suspiro, bajó del taburete y fue hacia la puerta delantera. Se quedó allí parada un momento, mientras Reid seguía caminando. Cuando la vio por el rabillo del ojo, se detuvo y la miró con una expresión lo bastante fiera como para fundir un objeto de vidrio.

Un músculo de su mandíbula se tensó y ella temió lo que iba a decir. Inspiró profundamente y decidió adelantarse mientras pudiera.

–Antes de que digas nada, quiero que sepas que no espero nada de ti. Solo te lo he dicho porque tenías derecho a saberlo, pero no tienes por qué involucrarte. Me apañaré bien sola. Tranquilo, no voy a ir tras de ti exigiendo nada.

Por primera vez desde que había visto el resultado de la prueba, supo que era verdad. Estaría bien sola. Tendría que dar explicaciones a su familia y a Paul, sin duda. Pero era un mujer fuerte e independiente. Tenía un buen trabajo y gente que la quería. Sabía que, una vez superado el shock, la apoyarían incondicionalmente en todo aquello que necesitara.

Sería madre soltera, ¿y qué? Lo haría bien. Sería una buena madre y tendría un recuerdo del tiempo pasado con Reid durante el resto de su vida. Eso la entristecería de vez en cuando, sin duda, pero en general la llenaría de recuerdos felices. Pasado un tiempo.

Sintiéndose mucho más segura que en los últimos tiempos, esperó a que Reid se relajara, a que suspirara con alivio y dijera «fantástico, gracias». Porque ningún hombre deseaba que lo sorprendieran con un embarazo no planificado y una futura paternidad.

Por supuesto, si quería formar parte de la vida del niño, lo permitiría. Complicaría su vida en muchos sentidos, pero era lo correcto.

Sin embargo, en vez del alivio que esperaba, el rostro de él se oscureció aún más y le pareció oír que rechinaba los dientes.

—¿Estás segura?

—¿Disculpa? —parpadeó, confusa. No esperaba que la conversación tomara ese giro.

—¿Estás segura? —casi ladró él—. ¿Estás segura de que estás embarazada? ¿Y de que es mío?

Ella dio un respingo al oír la última pregunta. Luego se tensó, a la defensiva.

–Sí. A ambas preguntas.

La respuesta hizo que el tendón de su mandíbula volviera a palpitar.

–Así que has visto a un médico –afirmó más que preguntó él.

–No –ella se abrazó la cintura, desconcertada–. Me hice una prueba de embarazo y dio positiva.

No hizo referencia a las náuseas matutinas, la falta de periodo y el resto de síntomas que confirmaban que la varita que había tirado en la papelera de la iglesia no se equivocaba.

Reid tenía los dientes apretados y los ojos casi cerrados. A Juliet se le encogió el corazón al comprender que un segundo después empezaría a echar humo por las orejas.

Dio un paso atrás, preguntándose si era demasiado tarde para retirarse. O para echar a correr. Tenía la esperanza de que el cerrojo de su dormitorio fuera fuerte.

No tuvo oportunidad de comprobarlo. Antes de que pudiera poner más distancia entre ellos, él le agarró la muñeca con fuerza pero sin llegar a hacerle daño. Ella supo que si le pedía que la soltara, lo haría.

Tal vez no permitiría que se escabullera de la conversación que sin duda pretendía tener, pero no utilizaría la fuerza física para retenerla en contra de su voluntad.

Por eso, porque aunque estaba nerviosa e incómoda no lo temía, no intentó zafarse. Entendía que tuviera preguntas que hacer y se merecía respuestas. Incluso si eso implicaba enfrentarse a su ataque de ira.

Él le dio la vuelta y la hizo entrar en la casa.

–Haz el equipaje –le dijo–. Nos vamos.

–¿Qué? Espera ¿Por qué? –liberó su muñeca y se volvió hacia él.

–Volvemos a Nueva York. Vas a ir a que te vea un médico y después… –la voz se le apagó.

Ella sospechó que se debía a que no sabía qué ocurriría después y, probablemente, no quería emitir amenazas, ni promesas, que no estaba seguro de estar dispuesto a cumplir.

–No –sacudió la cabeza–. Ya te lo dije, no estoy lista para volver. Paul, mi familia… Harán preguntas, querrán respuestas que no estoy dispuesta a dar aún. Vine aquí a pensar, a estar sola hasta saber qué hacer, y sigo necesitando eso. Necesito tiempo para mí misma.

–Peor para ti –replicó él con voz hosca–. Ya no puedes permitirte ese lujo. Ni yo tampoco –tras una leve pausa, la voz se le suavizó–. Mira, solo quiero asegurarme. Además, esta mañana estaba fatal, quiero saber que todo va bien. Nos quedaremos en mi casa. Nadie necesita saber que estás en la ciudad hasta que estés lista para verlos. No podemos quedarnos aquí, sin hacer nada, simulando que el problema no existe mientras no volvamos al mundo real.

Juliet ladeó la cabeza, molesta porque se refiriera a su embarazo como «problema». No podía criticarlo por ello, porque ella misma lo había visto así hasta hacía muy poco.

—¿Qué tal si tú vuelves al mundo real y me dejas aquí simulando un poco más? —sugirió.

El plan de él tenia sentido y entendía que quisiera una garantía médica sobre su estado, pero aún no estaba preparada mentalmente para volver a Nueva York. Dada su súbita aparición, apenas había tenido tiempo para pensar a solas.

—Buen intento —replicó él con una mueca—, pero ni lo sueñes. Ve a guardar tus cosas y reúnete conmigo aquí dentro de diez minutos, o te echaré sobre mi hombro y te llevaré al coche con o sin tus cosas.

—De acuerdo —aceptó por fin.

Él único problema de alojarse con Reid era que estarían juntos y solos a saber cuánto tiempo. Y eso mismo era lo que la había llevado al lío en el que se encontraba metida.

Dejaron el coche de Juliet en la casa del lago y condujeron de vuelta a la ciudad en el Range Rover que Reid había seleccionado de los coches de empresa. A ella no le hizo gracia, pero él no le había dado otra opción. Y había prometido que un par de sus empleados irían a la casa para llevar el BMW de vuelta a Nueva York. Por supuesto, eso implicaría esconderlo en algún sitio, probablemente en el garaje de la empresa de Reid, hasta que ella informara a su familia de su regreso.

«En qué líos nos metemos al mentir», pensaba Reid mientras conducía en silencio. No le gustaban los secretos ni las mentiras. En parte, eso lo había llevado a convertirse en investigador: sacar esas cosas a la luz por el bien de gente que había sufrido sus efectos o había sido traicionada.

Sin embargo, cuanto tenía que ver con la persona que estaba a su lado estaba envuelto en secretos y mentiras. Desde que la había conocido. Peor aún, él mismo se había rebajado a ese punto, a pesar de que siempre se había enorgullecido de su solidez y fuerza de carácter.

Había ignorado las señales y buscado excusas por la irresistible atracción que sentía por ella.

Y la consecuencia era un bebé.

Tal vez. No dudaba de la palabra de Juliet, pero todo el mundo podía equivocarse; estaría más tranquilo cuando lo oyera de un profesional, después de que realizara los análisis pertinentes. Solo entonces se permitiría empezar a hacer planes de futuro.

Era irónico que volviera a estar en la misma situación por segunda vez en la vida.

Cuando había conocido a Valerie, estaba alistado en el Ejército, en las Fuerzas Especiales. Su relación había sido tan ardiente y apasionada como podía serlo entre dos jóvenes con las hormonas desatadas y carentes del sentido común necesario para controlarlas.

Ella se había quedado embarazada. A Valerie no le hacía nada feliz pero, sorprendentemente, a

Reid sí. Había estado listo para asentarse, para encontrar algo que creara un equilibrio entre su trabajo y una vida rutinaria y normal.

Había sentido más deseo que amor por Valerie pero, con un bebé en camino, estaba más que dispuesto a casarse con ella y crear la típica familia al estilo de vida americano.

El problema había sido que Valerie no tenía ningún interés en casarse con él, asentarse o iniciar una familia. Al poco de saber la noticia, había encontrado una nota en la puerta y ella y el futuro bebé habían desaparecido de su vida.

Se había planteado ir tras ellos, por supuesto. A diario, durante mucho tiempo. Pero si Valerie no quería estar con él, ni lo quería como padre para el bebé, tal vez había hecho bien al irse sin decirle adónde. Podía haber abortado antes de salir de la ciudad.

Así que no la había buscado. Había empezado a beber demasiado, de vez en cuando. Poco después había dejado el Ejército y empezado a trabajar en seguridad privada, para pasar a la investigación empresarial y, finalmente, crear su propia empresa. Cuando triunfó, y tuvo su primer millón en el banco y empezó a ser mencionado en *Forbes*, utilizó su destreza y experiencia para buscarlos y encontrarlos: a Valerie y a su hijo de diez años, Theo.

Ella había vuelto a Texas a vivir con su familia hasta que naciera el bebé, unos años después se había casado con un abogado de Dallas.

Por lo que Reid había averiguado, eran felices y

su hijo estaba bien cuidado. No sabía si Theo había sido informado de que el abogado no era su padre pero, a no ser que surgiera una buena razón para irrumpir en su vida, Reid no tenía intención de decírselo.

Eso no implicaba que no pensara en él. Se preguntaba si a su hijo le gustaban las ciencias o el deporte, si prefería los dinosaurios o los trenes. Y cómo habría sido su vida si Vanessa se hubiera quedado con él a formar una familia en vez de huir y acabar haciéndolo con otro hombre.

De repente, se encontraba en una situación casi idéntica con Juliet. Se le contrajo el pecho mientras pensamientos y emociones del pasado se mezclaban y fundían con el presente.

Esa vez, sin embargo, ya había otro hombre en la vida de Juliet. Un hombre que, en teoría, podía ser el padre del bebé nonato. En el fondo, Reid no creía en esa posibilidad. Si el bebé fuera de Paul, Juliet habría seguido adelante con la boda.

No tenía por qué complicarse más la vida cuando podía haber mantenido la boca cerrada y dejado que las cosas siguieran su curso. Él solo se habría enterado de que Juliet había sido madre si publicaban una nota de prensa al respecto.

Ese era un problema que necesitaba solucionar. No iba a permitir que Paul Harris causara problemas en el futuro. Si Juliet estaba embarazada y el bebé era de él, el exprometido tenía que desaparecer del mapa. Por voluntad propia o con la ayuda de ciertas mediadas de persuasión.

Lo siguiente de la lista era qué hacer respecto al embarazo.

Sabía que, inicialmente, la decisión sería de Juliet. Sintiera él lo que sintiera, tendría que dar un paso atrás y dejarla decidir qué hacer.

Pero si optaba por tenerlo, él también tendría que tomar algunas decisiones. Por ejemplo sugerirle que siguieran juntos e intentaran darle al niño un familia estable. O si seguir la ruta de casas separadas y custodia compartida.

Una cosa era segura: esa vez no iba a dejarlo pasar. No iba a dejar que otra mujer diera a luz a un hijo suyo sin permitirle ser parte de su vida.

Esa vez se involucraría. Esa vez sería un padre de verdad, implicara lo que implicara.s

Juliet se miró en el espejo del lavabo del cuarto de baño de arriba de la casa de Reid. Era una habitación de buen tamaño, ni grande ni pequeña, con paredes color crema y molduras de roble.

El estilo no era ni excesivamente masculino ni femenino. Encajaba con el del resto de la casa, que había sido restaurada, amueblada y decorada por profesionales.

Gracias a un poco de maquillaje, superado el último ataque de náuseas, tenía un aspecto fresco y presentable. Tenía que agradecerlo a Reid que hubiera concertado una cita con el médico de su elección a última hora de la mañana, consciente de que para entonces ya no tendría náuseas.

Además, le había ofrecido un dormitorio situado al otro extremo del pasillo del suyo, había llenado la nevera de gaseosa y los armarios de galletas saladas y sopas.

Como anfitrión, estaba siendo extremadamente generoso y amable. Por eso no entendía por qué estaba hecha un manojo de nervios.

Llevaba así desde que él le había pedido que recogiera sus cosas y subiera al coche para volver a Nueva York. Lo cierto era que compartir techo con él, con tanta tensión, hacía que se sintiera como un pez dorado en una pecera. Pasar el mayor tiempo posible en su habitación era como esconderse en su diminuto castillo de plástico.

En ese momento, estaba vestida para enfrentarse al mundo exterior y acompañar a Reid a la consulta de un médico desconocido para ella, que la examinaría y analizaría hasta confirmar o negar que estaba, de hecho, embarazada.

Como no podía ir al ático y arriesgarse a que Lily o Zoe la vieran, Juliet se estaba apañando con la poca ropa de abrigo que había llevado al lago. Así que en vez de vestido y tacones, como habría sido lo normal, llevaba pantalones, un jersey color crema y unos botines cómodos, pero de vestir.

Miró el reloj de pulsera y comprendió que no podía pasar más tiempo escondida en el cuarto de baño. Abrió la puerta, bajó la escalera y encontró a Reid esperándola en la puerta. Impaciente.

Él dio unos pasos, miró el reloj, giró sobre los talones y volvió a caminar.

–¿Estás lista? –preguntó con tono áspero al verla. Ella, comprendiendo su impaciencia y ansiedad, no se lo tomó a mal.

–Sí –le contestó.

Él descolgó su chaqueta de la hilera de ganchos que había en la pared, junto a la puerta, y la ayudó a ponérsela. Lo cierto era que la temperatura de Nueva York en primavera no requería suéter y chaqueta, pero así sería más difícil que la reconocieran. Se la quitaría cuando llegaran a la consulta del médico.

Acababa de abrocharse los botones y el cinturón de la chaqueta azul marino cuando él le ofreció unas gafas de lentes oscuras, estilo Jackie Onassis, y un sombrero de ala ancha.

–Mejor prevenir que curar –murmuró él.

Algo incómoda, porque no encajaban con su estilo y el sombrero no iba con la chaqueta ni con el bolso, Juliet se puso ambas cosas y salió. Seguramente tanto incógnito fuera innecesario, pero preferían no arriesgarse a que ella se encontrara con algún conocido.

Él la condujo al Mercedes y la ayudó a subir antes de sentarse al volante. Condujeron en silencio durante largos minutos.

Juliet se dijo que no tenía por qué estar nerviosa. Solo iba a confirmar si estaba embarazada y después tendría que enfrentarse a la reacción del padre de su bebé. No, no era nada por lo que ponerse nerviosa.

–¿Tienes calor? Puedo poner el aire acondicionado –ofreció él. Juliet dio un respingo al oír su voz rasgando el silencio. Tragó saliva y se puso las manos sobre los muslos.

–No, gracias, no hace falta.

–¿Cómo te encuentras? ¿Mejor?

–La gaseosa y las galletas me van bien –respondió ella, esbozando una leve sonrisa. Empezó a darle las gracias, pero no quería parecer un disco rayado. Además, tampoco estaba tan agradecida. Al fin y al cabo, la había obligado a volver a Nueva York con él. Cuando el médico confirmara su embarazo no permitiría que él siguiera controlándola y llevando las riendas.

El resto del viaje, que se alargó bastante por culpa del tráfico de Manhattan, se realizó en silencio. Cuando llegaron al edificio en el que se encontraba la consulta del médico, Reid dejó el coche en el aparcamiento subterráneo, la escoltó al ascensor y subieron a la planta veintisiete.

Una vez en recepción, Juliet se sentó en la zona de espera hasta que la enfermera la llamó para que contestara unas preguntas iniciales.

Podría haberlo hecho sola, pero Reid insistió en acompañarla. Juliet contestó a la preguntas, dejó que le tomaran la tensión, el pulso y la temperatura y que le sacaran sangre antes de ir a la sala de consulta, donde le pidieron que se desnudara. Reid se ofreció a esperar fuera mientras se desvestía, pero le pidió que lo llamara cuando estuviera decente y con la bata puesta.

Tuvieron que esperar la llegada del médico.

Ella se sentó en el extremo de la camilla y Reid ocupó la silla que había en la pared opuesta. Por fin, llamaron a la puerta y el médico entró.

–Sé que están ansiosos por escuchar la respuesta a la gran pregunta –dijo, dividiendo su atención entre su nueva paciente y el hombre que pagaría la factura–, así que iré al grano. Felicidades, está embarazada.

Juliet dejó escapar el aire de golpe. Reid debía de estar igual de tenso que ella, porque oyó su exhalación al otro lado de la sala.

Sin embargo, el rostro de él era como una pizarra en blanco. No habría podido decir si sentía felicidad o decepción, disgusto o indiferencia. Eso hizo que el pecho volviera a tensársele.

–¿Qué te parecería una ecografía? Podemos echar un vistazo y hacernos una idea de de cuánto tiempo estás.

La idea de ver al bebe, por diminuto que fuera, en el monitor en blanco y negro del aparato, hizo que se le formara un nudo en la garganta. Tragó saliva con fuerza, parpadeó y asintió.

–Sí, por favor.

Miró de reojo a Reid, que se puso en pie y fue hacia la camilla mientras el médico lo preparaba todo. Estuvo a punto de tenderle la mano, en parte deseando que él se la tendiera a ella.

Pero no eran la típica pareja de futuros padres. Solo eran dos personas que, casualmente, habían creado un bebé.

Capítulo Seis

Reid estaba sentado en el estudio a oscuras, con un vaso de whisky ante él y la botella abierta al lado. Vació el vaso de un trago y se sirvió dos dedos más del líquido ámbar sin desviar la mirada de la foto que tenía en la mano.

Si no hubiera sabido lo que estaba mirando, habría pensado que era una extraña imagen tridimensional del monstruo del Lago Ness o de un cráter de la luna.

Pero lo sabía. Era el bebé. Su hijo o hija.

Era demasiado pronto para saber el sexo pero, en cualquier caso, Juliet le había pedido al médico que no lo revelara. Quería que fuera una sorpresa y eso a Reid le parecía bien. Esa semana ya había llegado al límite de noticias que podía procesar.

Iba a ser padre. De nuevo. Y, de nuevo, iba a serlo gracias a una mujer que no necesariamente iba a dejar que fuera parte de la vida de su hijo. Nunca había pensado que su relación con Valerie fuera complicada, y así le había salido. Por otro lado, Juliet era complicada con mayúsculas. Lo había sabido desde el momento en que había entrado en su despacho de Investigaciones McCormack y le había pedido que encontrara a su hermana.

Y estaba embarazada. No estaba seguro de que existiera una palabra en el diccionario capaz de describir lo complicado que eso lo hacía todo.

Se sirvió otro whisky, abrió el cajón central del escritorio y metió dentro la imagen. Después se puso en pie, salió del despacho y subió a la segunda planta.

La puerta del dormitorio de Juliet estaba cerrada, tal y como había estado desde poco después de que llegaran a casa. Después de la cita, habían conducido de vuelta sin intercambiar palabra. Ella se había preparado algo para almorzar y le había ofrecido hacerle algo, pero él no había estado de humor para comer.

Tampoco había estado de humor para hablar, aunque ella le había preguntado si quería hacerlo. Le agradecía que hubiera estado dispuesta a comentar la situación en vez de cerrarse en banda y rechazar su opinión respecto al embarazo.

Tenía la esperanza de que siguiera de humor para hablar, porque él ya estaba preparado para hacerlo. Y pretendía que lo escuchara.

Juliet estaba sentada en la cama con las piernas cruzadas, con un cuaderno de dibujo en el regazo. Su intención inicial había sido trabajar en los bolsos que había esbozado en la casa del lago, pero todos sus bocetos acababan convirtiéndose en gorritos y botitas de bebé.

Resoplando, tachó la última versión de la cunita que ya podía imaginar en un rincón del dormitorio del ático. Aunque sabía que sus hermanas estarían encantadas de tener una sobrina o sobrino a quien malcriar, estaba segura de que no las volvería locas la idea de añadir una línea de ropa infantil a Modas Zaccaro.

Además, tenía asuntos más importantes que solucionar antes de empezar a comprar muebles para la habitación infantil o sugerir una nueva línea de diseño a Lily y a Zoe.

Se le encogió el estómago al oír un golpe en la puerta. Era hora de lidiar con uno de esos asuntos. Dio la vuelta al bloc y lo dejó a un lado.

–Adelante –dijo, estirando las piernas.

Reid entró con la camisa blanca arremangada hasta los codos y varios botones desabrochados. Ella simuló no fijarse en la uve de piel morena que le descendía desde el cuello ni en los musculosos y fuertes antebrazos.

Dejó la puerta abierta, lo que hizo que ella se sintiera más cómoda, menos como un animalito acorralado por un depredador peligroso.

La alivió ver que parecía mucho menos enfadado que cuando habían salido hacia la consulta del médico. En el camino de vuelta había parecido ausente, casi anonadado.

Era comprensible, y por eso había optado por almorzar en su dormitorio y darle algo de tiempo a solas para pensar, hacerse a la idea o lo que fuera que necesitara hacer tras descubrir que su inocua aventura sexual no lo había sido tanto.

Él se quedó mirándola con las manos en los bolsillos, como si no supiera qué decir. Pero sin duda tenía algo en mente, o no habría llamado.

—Reid —dijo ella, justo en el momento en que él decía «Juliet».

—Tú primero —ofreció él, inclinando la cabeza.

Ella tampoco sabía qué decir, pero tenían que empezar por algún sitio. Bajó las piernas por el borde de la cama y enderezó la espalda.

—Sé que ahora me crees —dijo—. Y que sabes que es tuyo porque nunca te lo habría dicho si no estuviera segura. Hacía tiempo que no tenía relaciones con Paul cuando tú y yo… Ya sabes. Y tampoco las tuve después —aclaró.

Esperó, observando sus ojos y rezando por no ver duda o desconfianza en ellos. Fue un alivio ver que mantenía la mirada alta y, además, indicaba su conformidad asintiendo con la cabeza.

—Pero no quiero que pienses que espero nada de ti. Puedes involucrarte hasta el punto que quieras. Tampoco busco tu dinero. Sé que tú y tu empresa cotizáis muy alto, y supongo que eso te hace sospechar de las mujeres que podrían ser cazafortunas. Pero yo cuento con independencia económica y mi familia cuenta con medios para ayudarme si necesito algo. Así que no debe preocuparte que vaya a pedirte apoyo —alzó un hombro con indiferencia—, o a intentar sacarte dinero…

—¿Has acabado? —preguntó enarcando una ceja.

—Sí —ella no había esperado que contestara con una pregunta, pero así eran las cosas.

–Tengo una pregunta.

–Adelante –Juliet tragó saliva.

–¿Vas a tener el bebé?

Durante un segundo a ella se le paró el corazón y se le cerró la garganta. Sin pensarlo, se llevó una mano protectora al abdomen.

–Por supuesto –replicó con sequedad. No tendría que haberla ofendido la pregunta, pero lo había hecho, y su tono de voz lo dejó claro.

Pasaron largos minutos sin moverse, mirándose a los ojos, en silencio. Reid sacó las manos de los bolsillos y se frotó el mentón rasposo con una de ellas. Después la dejó caer de golpe y asintió con la cabeza.

–En ese caso, creo que deberíamos casarnos.

Juliet parpadeó. Había pensado en las muchas cosas que él podría decir, en las posibles conversaciones que tendría los próximos meses con el padre de su futuro hijo. Pero esa, desde luego, no había sido una de ellas.

–¿Perdona?

–Creo que deberíamos casarnos –dijo él, nada complacido por tener que repetirse. El tono mucho más seco y cortante que la primera vez.

–No –dijo Juliet con suavidad, moviendo la cabeza de lado a lado.

–¿No? –Reid estrechó los ojos color caramelo y sus pupilas se agrandaron y oscurecieron.

Lo dijo con un tinte amargo, casi amenazador, que ella se obligó a ignorar, a pesar del escalofrío que le recorrió la espina dorsal.

A Juliet le sorprendió cuándo le había dolido decir esa palabra, pero la había dicho aun así. Se lamió los labios y echó los hombros hacia atrás.

–Lo siento, pero no –repitió.

Apoyó las palmas de las manos en las caderas y bajó la mirada al suelo enmoquetado.

–Sé lo que intentas hacer. Y te lo agradezco, de veras –murmuró–. Pero no es necesario. No tienes que hacer un gran gesto ni convertirme en una mujer honesta. Estaré bien. El bebé y yo estaremos bien y tendrás acceso a él, tal y como prometí. No te apartaré de mí solo por no llevar un anillo en el dedo.

Ella se frotó el dedo en el que hasta hacía unos días había llevado el anillo de compromiso de Paul. De repente Reid intentaba ponerle otro y no estaba segura de estar lista para eso.

–No estoy haciendo eso –objetó él.

–Sí que lo estás –la boca de ella se curvó con una sonrisa al mirarlo–. Pero acabo de huir de una boda, no tengo prisa por correr hacia otra.

Él ensanchó las aletas de la nariz y le dedicó la misma expresión tormentosa que estaba segura que utilizaba para intimidar a los tipos malos y sacar información a los testigos indecisos. Ella mantuvo el tipo.

–¿Crees que no sería buen padre? –casi ladró él–. ¿Ni buen marido? ¿Es eso?

–Claro que no –contestó ella, atónita.

Lo cierto era que no lo había pensado. En cuanto al potencial como padre de Reid, no llevaba embarazada el tiempo suficiente para reflexionar sobre la educación de su hijo. Y nunca había considerado el matrimonio con Reid como parte de su futuro, con o sin hijos en común.

Pero, ya que él había sacado el tema, dedicó un minuto analizarlo. Imaginaba que Reid sería un padre excepcional. Era fuerte, valiente, seguro de sí mismo, triunfador y, por lo que sabía de él, desinteresado. Pondría los intereses y necesidades de su hijo por encima de todo. Sería protector y comprensivo. Estricto, pero también bueno y cariñoso. Y esperaba que divertido.

Desde el primer momento había habido cierta tensión subyacente en su relación, pero también lo habían pasado bien. Sabía que él tenía sentido del humor y que disfrutaría llevando al niño al parque y jugando con él. Eso era importante en la vida de un niño y, también, importante para ella.

Así que sí, creía que sería un buen padre.

Y no tenía duda de que cuando encontrara una mujer a la que amara de verdad, sería un marido excelente. Las mismas cualidades que harían de él un buen padre lo convertirían en un compañero excepcional.

No le costaba nada imaginarse volviendo a casa a reunirse con él cada velada. Siguiendo la rutina de «hola, cariño, ¿qué tal el día?». Cenando juntos y acostando a los niños. Y después, relajándose un rato antes de irse ellos a la cama. Y sabía lo satisfactoria que sería esa parte de un matrimonio con Reid McCormack.

Corrigió esa última idea para librarse de los recuerdos que habían hecho que la temperatura le subiera unos grados. Sería satisfactorio para otra mujer, no para ella, porque casarse con Reid no entraba en sus planes.

En realidad, lo había rechazado por más razones de las que había dado. La razón real de que hubiera rechazado su propuesta era que nunca jamás quería volver a estar comprometida ni seriamente involucrada con alguien que no la amara locamente.

Ya había seguido ese camino una vez, haciendo lo que se esperaba de ella en vez de seguir los dictados de su corazón, y el resultado estaba a la vista.

La próxima vez que accediera a llevar el anillo de un hombre en el dedo durante el resto de su vida, sería porque estaba tan enamorada de él como él de ella. Fin de la historia.

—Estoy seguro de que serás un padre fantástico. Y, algún día, un esposo excelente.

—Algún día —ladeó la cabeza, escrutándola—. Pero no hoy y no contigo, ¿no?

—No —respondió ella con una sonrisa triste.

Por sorpresa, él dio un paso hacia delante y se detuvo cuando sus rodillas se rozaron. Le agarró los codos y la alzó hasta que sus senos estuvieron contra su pecho. Ella se quedó sin respiración.

—¿Temes que no vayamos a ser compatibles? —preguntó él con voz grave y espesa, que la acarició como a ron añejo—. ¿A largo plazo?

Ella abrió la boca para contestar, pero sentía la

lengua como una enorme bola de algodón, lo que le impedía hablar. Casi no podía respirar.

La compatibilidad no era problema. Al menos no la clase de compatibilidad a la que él se refería en ese momento.

Reid le llevó a la nuca, enredó los dedos en su pelo y le echó la cabeza hacia atrás. Atrapó su boca sin darle tiempo a pensar o a detenerlo.

Sus labios, cálidos y blandos y con sabor a algo que podía ser whisky, cubrieron los suyos. Ella prefería saborear el licor en su boca que en cualquier copa, cualquier día de la semana.

Juliet no sabía si realmente la deseaba o estaba intentando demostrarle algo, pero no fue capaz de rechazarlo. Había mucho entre ellos. Muchos temas complicados, muchas cosas dichas y sin decir. Lo último que necesitaban era añadir otro encuentro íntimo a la lista.

Pero todo eso le dio igual mientras la besaba, mientras su lengua la tentaba y cosquilleaba. O, al menos, estuvo dispuesta a enfrentarse a todo eso después. Mucho después.

Cuando puso las manos sobre sus hombros, los músculos se le flexionaron bajo la camisa. Era tal y como lo recordaba, fuerte, cálido y viril.

Sin interrumpir el beso, Reid la hizo retroceder hasta la cama. Cuando chocó con el borde del colchón y empezó a caer, cayó con ella sobre la blanda superficie, cubriéndola con su peso, su poder y su intención sexual.

Eso le recordó a la primera vez. La pasión, la

necesidad, la intensidad. La forma en la que asumía el control y la poseía sin hacer que se sintiera constreñida o dominada.

Mientras bajaba las manos para acariciarle la espalda, él las bajó a su cintura y las introdujo bajo el suéter de punto. Las yemas de sus dedos bailaron por su piel desnuda, subiéndole la prenda. Más y más alto, quitándole la capacidad de llevar oxígeno a los pulmones.

Con la intención de devolverle el favor erótico, ella le soltó el cinturón, le desabrochó los pantalones y deslizó los dedos dentro. Reid gruñó en su boca y ella se tragó el sonido, disfrutando de su fuerza. Le bajó los pantalones y luego alzó los brazos para permitir que le sacara el suéter por la cabeza.

Ambos jadeaban cuando volvieron a dejarse caer sobre el colchón. Sus miradas se encontraron y ella se vio reflejada en el marrón oscuro de sus ojos, fundida en pasión y anhelo.

Él empezó a besarla por todas partes, la boca, la barbilla, las comisuras de los labios, el cuello y el valle que había entre sus senos. Los juntó con las manos, aún con el sujetador puesto, frotando los pezones con los pulgares a través del tejido.

Juliet dejó escapar un suspiro, entregándose a las sensaciones que la llenaban, crecían y se desbordaban. Deslizó las manos por el centro de su pecho, desabrochándole la camisa hasta que pudo entreabrirla e introducir los dedos dentro.

Él tuvo que dejar de moldear sus senos para que lo librara de la camisa, pero ella no lo lamentó, porque le dio la oportunidad de acariciar su piel firme y bronceada. La carne tersa que cubría músculos y tendones duros como la piedra, que se flexionaban y tensaban bajo sus manos.

Tras quitarle la camisa de los hombros, la dejó caer al suelo. Buscó la curva de sus nalgas y las apretó con suavidad para luego ascender por su espalda, raspándole la columna con las uñas.

Él se estremeció y siseó entre dientes. Juliet sonrió ante su involuntaria respuesta, pero el control duró poco. Él emitió un gruñido ronco, agarró sus tobillos y la empujó más dentro de la cama. Le quitó las botas y después tiró de la cinturilla de sus pantalones y los bajó de un tirón.

Tras dejarla en sujetador y bragas, él se libró de zapatos y pantalones y se introdujo entre sus piernas entreabiertas. Pasó la palma por el centro de su cuerpo, por encima del encaje de sus bragas hasta el abdomen, aún plano y entre sus senos. Después la obligó a sentarse.

Escrutó la profundidad de sus ojos, acariciando su rostro con el aliento y volviendo a atraerla hacia sí. Ella situó las piernas en sus caderas mientras él le desabrochaba el sujetador.

Una vez libre de la prenda, arqueó las caderas para que le quitara las bragas. Él terminó de desnudarse, pero no le dio oportunidad de admirar su erección antes de alzarla para ocupar su lugar al borde de la cama y situarla sobre su regazo.

El ardor de su erección se interponía entre ellos, pero él no se movió para hacer uso de ella.

En vez de eso, colocó las palmas de las manos en sus costados y la atrajo para capturar su boca. Mientras introducía la lengua entre sus labios para tentarla, le acarició la espalda, los omóplatos y seguidamente la cintura y las nalgas redondeadas.

Ella se alzó sobre él, gimiendo al sentir el roce de su pecho en los pezones tersos y sensibilizados. El beso se intensificó mientras se movían hasta que él estuvo posicionado para penetrarla.

Se aferró a sus bíceps, tensos bajo las yemas de sus dedos, y él agarró sus caderas. Por más que ella intentaba bajar la pelvis y asentarse sobre él, la mantenía justo al límite, sin permitírselo.

–Reid –gimió ella con frustración.

Cuando abrió los ojos, vio que él la sonreía como un lobo que acabara de derribar a un venado y estuviera preparándose para devorarlo.

–Veamos cómo somos de compatibles –musitó él con voz tan tenue que apenas lo oyó.

Después, hizo presión sobre ella y se deslizó en su interior con una embestida larga y fluida.

Juliet tragó aire, echó la cabeza hacia atrás y pestañeó mientras se aclimataba a su tamaño, su calor y su posesión. Bajo ella, Reid se mantuvo inmóvil. Ella oía cómo el aire entraba y salía de sus pulmones pero, aparte de eso, daba la impresión de que tuviera miedo de moverse.

No era solo el sexo, eran la cercanía, la intimidad. Cuando estaban juntos, así, sin peleas ni conflictos, todo era maravilloso. Conectaban como nunca había conectado con otro hombre.

Por desgracia, sí había peleas y conflictos entre ellos. Casi demasiados para hacer recuento. Y por mucho que le atrajera la idea, no podían pasar todo el día desnudos y en la cama. Ojalá.

Pero, de momento, estaban desnudos y en la cama. De momento, los problemas que los separaban estaban olvidados y solo existía la vorágine de sensaciones físicas que los arrastraba.

La boca de Reid encontró la parte inferior de su mandíbula y la raspó con labios, dientes y un principio de barba rasposa. Ella se irguió sobre las rodillas, apartándose de él, y ambos gimieron. Después, con la ayuda de las manos que sujetaban sus caderas, volvió a descender sobre su miembro.

Se oyó un prolongado siseo, que ninguno habría sabido decir de quién provenía. Y dejó de importar. La estancia se llenó de suspiros, gemidos y jadeos mientras ella subía y bajaba y él se introducía en su interior una y otra vez.

De no haber sido porque él la sujetaba con fuerza, estaba segura de que se habría derrumbado varias veces sobre él. Se habría caído de la cama dando con el trasero en el suelo, o algo peor.

Pero Reid no la dejó caer. Apenas se movió del sitio, incluso cuando su actividad se convirtió en algo casi acrobático.

La tensión fue aumentando y ella afirmó la presión sobre el único ancla que la unía a un universo que giraba en espiral. Curvó las manos sobre sus hombros como garras y sus piernas le apretaron la cintura como tenazas.

–Reid –gimió su nombre una y otra vez, como un mantra.

Él respondió susurrando el de ella; eso fue cuanto hizo falta para hacerla volar. La columna se le curvó hacia delante cuando un tremendo orgasmo le recorrió todo el cuerpo, seguido de una sucesión de otros, más cortos pero no por ello menos intensos.

Siguió estremeciéndose de placer mientras los dedos de Reid se clavaban en sus caderas y sus nalgas. Él dio una última embestida y clamó su placer contra la curva de su cuello.

Ella intentó recuperar el aliento, con el rostro enterrado en la garganta de Reid, mientras el pecho de él subía y bajaba rápidamente. Un segundo después, él pareció quedarse sin fuerza y se dejó caer hacia atrás, arrastrando a Juliet con él.

Varios minutos después, cuando ambos volvieron a respirar con normalidad y ella, adormilada, se decía que debía levantarse, la voz de Reid le cosquilleó al oído.

–Yo diría que hemos aprobado.

–¿Aprobado qué? –musitó ella en su pecho.

–El test de compatibilidad –rio él.

–Mmm.

Como ella nunca había cuestionado eso, prefirió no comentar. Sobre todo porque era consciente de que él había intentado demostrarle algo para convencerla de que «compatibilidad» podía transformarse en «compromiso».

Juliet habría estado dispuesta a confirmarlo si

las circunstancias fueran distintas. Pero no podía permitir que un embarazo inesperado y su caballerosidad la empujaran a una situación para la que no creía que estuvieran preparados.

–Pero no vas a cambiar de opinión, ¿verdad? –dijo él–. Respecto a casarte conmigo.

–Hoy no –contuvo el aliento y esperó que su respuesta no destrozara la burbuja de éxtasis que la rodeaba.

Tras otro tenso silencio, él suspiró, pero no la soltó, no se incorporó ni se fue. Se quedó donde estaba, apretando su cintura con más fuerza aún.

Cuando Juliet se despertó, estaba sola en la cama. En la cama de la habitación de invitados de la casa de Reid.

Se destapó, se sentó al borde de la cama y soltó un suspiro. No sabía si considerar ese último encuentro como un éxito o un fracaso. Suponía que era un poco de ambas cosas.

Al menos, por el momento, Reid parecía dispuesto a dejar de lado el tema de la boda. No tenía ninguna duda de que Reid McCormack estaba en su vida para quedarse, lo que era lógico, considerando que pronto compartirían un hijo. Que no pudiera acceder a casarse con él, porque se lo había impedido por los motivos erróneos, no implicaba que no se sintiera atraída por él. De hecho lo estaba de forma abrumadora.

Incluso en ese momento, el aroma de la colonia que percibía entre las sábanas hacía que deseara inspirar más profundamente. Igual que durante todo el tiempo que había estado con él. Igual que cada vez que estaban en la misma habitación, hasta el punto de que sentía la tentación perpetua de doblar un dedo e invitarlo a que la llevara a la cama.

Una oleada de calor le recorrió el cuerpo desde el nacimiento del pelo hasta las puntas de los dedos de los pies. Los recuerdos llenaron su mente. Las comidas y conversaciones compartidas, el tiempo que había pasado en su casa, a menudo desnuda y envuelta en el enorme albornoz de Reid tras hacer el amor o remolonear en la cama. En la enorme cama de la habitación principal, no en la que ocupaba en ese momento.

Deseó poder volver a ese momento cuando todo había sido, irónicamente, más sencillo.

Eso la hizo comprender que necesitaba marcharse. No podía seguir allí, deseando retroceder en el tiempo o que las cosas fueran distintas cuando no iban a serlo.

Que Reid le hubiera propuesto matrimonio, por brusca que hubiera sido la proposición, sirvió para remacharle que estaba escondiéndose. De Paul, de su familia y de la realidad.

No podía esconderse para siempre, y cuanto más tiempo lo hiciera, más débil parecería. Y más duro sería volver a su antigua vida.

También temía que si dejaba que Reid la alojara y protegiera más tiempo, sobre todo con extras

113

como el que acababan de compartir, seguiría pensando que necesitaba su ayuda y protección. No quería suponer un esfuerzo para él, ni una responsabilidad. No de esa manera.

Era hora de volver a ponerse en pie y actuar como la madre fuerte e independiente que tendría que ser cuando llegara el bebé.

Decidida, saltó de la cama, recogió su ropa del suelo y empezó a hacer el equipaje.

Cuanto tuvo todo listo, bajó la escalera. Reid tenía que estar abajo, pero no sabía dónde ni si querría verla. Tal vez no estuviera de humor para hablar con ella tan pronto. Quizás se arrepintiera de lo que habían hecho o estuviera disgustado por el rechazo a su proposición.

Pero no se habría sentido bien marchándose dejando una nota, así que dejó la bolsa de viaje junto a la puerta y fue en su busca. Lo encontró en su estudio, con las luces apagadas, la chimenea encendida y una botella de licor en el escritorio, que parecía llevar allí varias horas.

Sintió un pinchazo de remordimiento al verlo. Se preguntó si era ella quien le había hecho eso. Ella quien, con sus secretos, su embarazo y su negativa a casarse, lo había llevado a vaciar una botella de… el alcohol que fuera.

Pero ella no quería que la rescatara por obligación. Dio un golpecito en la puerta para llamar su atención.

Él dejó de mirar la pantalla del ordenador y se volvió hacia ella. Juliet captó su ceño fruncido y las arrugas que le enmarcaban la boca antes de que él relajara la expresión.

–Siento molestarte –dijo, avanzando un paso–, pero quería decirte que me marcho.

–¿Te marchas? –el ceño y las arrugas reaparecieron–. ¿Por qué?

–Me voy a casa. No puedo esconderme aquí para siempre, igual que no habría podido hacerlo en la casa del lago. Tengo que enfrentarme a mis errores, aclarar las cosas con Paul y explicar a mi familia lo que está ocurriendo –rodeó el pomo de la puerta con los dedos–. Gracias por todo. En el lago y aquí. Has sido más paciente y comprensivo de lo que me merecía, dadas las circunstancias.

–No tienes por qué –él cerró los puños sobre el escritorio–. Irte o darme las gracias.

–Sí tengo que hacerlo –le sonrió–. Pero estaré en contacto. Sabes dónde encontrarme. No volveré a desaparecer, te lo prometo.

Juliet no había sabido qué reacción esperar, pero desde luego no era silencio total y expresión inescrutable. Tras un par de minutos sin otra respuesta de él, decidió que esa debía de ser su manera de despedirla.

La alternativa era que estaba demasiado furioso con ella para hablar. De una manera u otra, decidió que la mejor opción era salir de allí lo antes posible.

Con una inclinación de cabeza como despedida, salió del despacho y fue a la puerta delantera, donde su bolsa de viaje y el taxi al que había llamado la esperaban.

Sin saber qué tipo de recepción tendría cuando llegara a casa, Juliet entró en el ático utilizando su llave. No exactamente de puntillas, pero sí intentando hacer el menor ruido posible.

No sirvió de nada. Lily y Zoe estaban de pie ante la isla de la cocina. Zoe, de espaldas a la puerta, estaba apoyada sobre la encimera, con una rodilla en un taburete y un zapato de tacón, cubierto de brillantes, colgando de la punta del pie. Lily, en cambio, estaba de cara a Juliet mezclando una ensalada en un gran cuenco.

Al oír el sonido de la puerta al cerrarse, ambas levantaron la cabeza con los ojos como platos.

–¡Juliet! –gritó Lily, dejando caer los utensilios y rodeando la isla de la cocina.

–¡Oh, Dios mío! –exclamó Zoe. Metió el pie en el zapato y corrió hacia ella siguiendo a Lily.

Durante varios segundos, la estrujaron y abrazaron hasta dejarla sin aliento. Juliet, encantada, notó cómo las lágrimas le quemaban los párpados cerrados. Hiciera lo que hiciera, por muchos problemas en los que se metiera, sabía que sus hermanas siempre la apoyarían, aceptarían y recibirían con los brazos abiertos.

Pero tras la risas y abrazos, las expresiones de sus hermanas se volvieron acusadoras.

–¿Dónde has estado? –preguntó Lily con las manos en las caderas–. Hemos estado enfermas de preocupación.

–Bueno, al menos hasta que Reid McCormack llamó para decir que te había localizado y que estabas bien –añadió Zoe–. Pero se negó a decirnos dónde estabas y cuándo ibas a volver.

–Lo sé. Lo siento mucho –Juliet agarró sus manos y les dio un suave apretón, para reforzar la sinceridad de su disculpa–. Os prometo que os lo contaré todo. No podía seguir adelante con la boda y necesitaba algo de tiempo a solas para pensar en lo que voy a hacer a partir de ahora.

Siguió una larga pausa mientras Lily y Zoe procesaban eso. Después, Lily se inclinó hacia ella y le dio un abrazo rápido.

–Nos alegra que estés bien. Y estamos listas para escucharte cuando quieras hablar. Sea lo que sea que te llevó a huir… –Lily soltó una risita–. Bueno, yo ya hice eso mismo. Me perdonasteis por tener secretos, y estoy segura de que Zoe y yo podremos perdonarte a ti. ¿No, Zoe?

Su hermana pequeña recibió un codazo en las costillas, que ella con un grito de dolor simulado y devolviéndole el golpe a Lily. Pero Juliet sabía que estaba tan contenta de que hubiera vuelto como Lily, e igualmente dispuesta a apoyarla.

–Mientras Lily y tú sigáis aguantándome, yo os aguantaré a vosotras –dijo Zoe con voz seria.

–Trato hecho –Juliet le ofreció a su hermana una sonrisa antes de abrazarla.

–Estábamos preparando la cena. ¿Quieres subir a deshacer el equipaje o echarte una siesta antes de comer? –preguntó Lily tras unos minutos más de abrazos y risas.

–No necesito dormir, os lo aseguro. Subiré las cosas a mi dormitorio y bajaré a echar una mano. ¿Qué vamos a cenar?

–Pizza –canturrearon las dos a la vez.

–Perfecto –dijo ella con toda sinceridad.

El olor de la masa horneándose llenaba el ático. Cenarían en el sofá mientras veían una película o hablaban de lo ocurrido durante la semana. Suponía que ese día sería ella quien hablara mientras sus hermanas escuchaban. ¡Y tenía toda una historia que contar!

Zoe y Lily volvieron a la cocina, Juliet subió la bolsa arriba y guardó algunas cosas. Llevó el neceser al cuarto de baño y echó la ropa sucia en la cesta de la colada. Cambió su ropa por unas mallas de yoga y una cómoda túnica de algodón.

Volvió abajo, se reunió con Zoe y Lily en la isla y les ofreció ayuda. Charlaron de cosas varias mientras cocinaban. Juliet dejó que Lily y Zoe le contaran lo que habían hecho ellas desde la fallida ceremonia de boda, guardándose su historia hasta que estuvieran sentadas cenando y pudiera contárselo todo sin interrupciones.

Una hora después, llenaron la mesita de café con platos de ensalada, pizza humeante y vasos de burbujeante refresco de cola y ocuparon el sofá.

–Venga, habla –dijo Lily.

Juliet tomó aire. Decidió empezar por el principio y contar toda la historia de un tirón.

Habló de la primera vez que había visto a Reid en su despacho, cuando le pidió que investigara la desaparición de Lily.

Confesó su instantánea atracción hacia el guapísimo investigador y lo culpable que se había sentido al pensar en él mientras seguía estando comprometida con Paul.

Sabía que, a partir de ahí, Lily y Zoe podían adivinar gran parte del resto. Pero había prometido contarlo todo y lo hizo. Habló del súbito comportamiento abusivo de Paul, de la ira de Reid cuando había descubierto sus cardenales, de la primera noche que habían pasado juntos y de cómo había roto su compromiso con Paul para mantener una aventura clandestina y casi prohibida con Reid durante varios meses.

Explicó lo presionada que se había sentido por Paul y por las familias de ambos para seguir adelante con la boda.

Por último, admitió la razón por la que había huido el día de su boda. De la prueba de embarazo positiva y de cómo había comprendido que no podía decirle a Paul «sí, quiero», sabiendo que llevaba dentro al hijo de otro hombre. Sobre todo cuando seguía teniendo sentimientos, por confusos que fueran, por ese otro hombre.

Juliet no estaba segura de cuál era el récord de sus hermanas, sobre todo el de Zoe, a la hora de decir «oh, dios, oh, dios, oh dios» de un tirón, pero estaba segura de que lo habían superado. Pero, a pesar de su asombro, cuando por fin dejaron de mirarla boquiabiertas, ambas se centraron en el punto central de su narración.

–¿Estás embarazada? –casi chilló Zoe.

La reacción de Lily no incluyó el gritito, pero solo porque su amplia sonrisa se lo impedía.

–¡Oh, Juliet, es fantástico! Enhorabuena.

Casi al mismo tiempo, la envolvieron con deliciosos abrazos fraternales.

–¿Le has dicho a Reid lo del bebé? –preguntó Lily, poniéndose un mechón de pelo tras la oreja.

Juliet asintió y les contó el resto: cómo Reid la había seguido a la casa del lago, que la había descubierto vomitando y que se había visto forzada a decirle la verdad. Y que, después, habían vuelto a Nueva York y había estado en su casa hasta que el médico elegido por él había confirmado el embarazo.

–Oh, no –gimió Zoe, tapándose la cara con una mano–. No tendríamos que haberle pedido que nos ayudara a encontrarte. Lo liamos todo.

–Nada de eso –le aseguró Juliet, apartándole las manos del rostro–. Se lo habría dicho antes o después. Tiene derecho a saber que va a ser padre. Y eso nos dio la oportunidad de hablar del tema. Le dije que no iba a pedirle nada pero que tampoco intentaré mantenerlo alejado del bebé.

–¿Eso es todo? –Lily enarcó las cejas–. ¿Le dijiste que estabas embarazada y solo dijo «vale»?

–Más o menos. No quiero que se sienta atrapado y no voy a casarme con él solo porque esté embarazada.

–¿Te ha pedido que te casaras con él? –esa vez le tocó el turno a Zoe de alzar una ceja.

Juliet, carraspeando, evitó el escrutinio de sus hermanas y se inclinó para agarrar su vaso de refresco. Tomó un sorbo antes de contestar.

–Sí, pero lo rechacé. Solo lo hizo por obligación, y no estoy preparada para ir al altar de nuevo por las razones equivocadas.

Sus hermanas intercambiaron una mirada en silencio, pero no intentaron hacerle cambiar de opinión. Un momento después, Lily asintió y Zoe le dio a Juliet una palmadita en la rodilla.

–Necesites lo que necesites, hagas lo que hagas, te apoyaremos –dijo Lily.

–¡Oh, dios, vamos a ser tías! –gritó Zoe, botando sobre el sofá.

Tras otro episodio de risas y comentarios sobre si el bebé sería niño o niña, colores y motivos adecuados para su dormitorio y cosas similares, mientras se servían una segunda porción de pizza, Juliet volvió a llevar la conversación a temas más serios.

–¿Volvieron a casa mamá y papá después de la cancelación de la boda? –preguntó ella.

–Se quedaron por aquí un tiempo –contestó Lily–. Hasta que Reid nos comunicó que te había localizado y estabas a salvo. No les gustó que se negara a decirnos dónde estabas, pero les prometimos mantenerlos informados. Eso bastó para que volvieran a Connecticut, pero llaman a diario.

–Tendré que ir allí a visitarlos. A disculparme –dijo Juliet con remordimiento. Alzó la cabeza y suspiró–. También debería hablar con Paul.

–No le debes nada –saltó Zoe, con un destello de ira en sus ojos azules.

–Estoy de acuerdo –corroboró Lily, protectora–. Se merece una buena patada ya sabes dónde, no una disculpa.

–Tendría que haber roto con él mucho antes.

–En cuanto te puso una mano encima –rezongó Zoe.

–Desde luego –concedió Juliet, preguntándose por qué no lo había hecho–. Y tendría que haber sido firme cuando lo dejé, en vez de dejar que me convenciera para darle otra oportunidad. Pero dejarlo plantado ante el altar fue terrible. Creo que al menos tendría que verlo y decirle que siento la vergüenza que pueda haberle hecho pasar.

–Bah –bufó Zoe.

–Si estás empeñada en hacerlo –dijo Lily–, creo que una de nosotras debería ir contigo.

–¡Iré yo! –declaré Zoe, animosa–. Nigel va a venir de visita y sé que querrás estar con él –le dijo a Lily–. Piénsalo, tendréis el ático entero para vosotros.

–Eso sería muy agradable –contestó Lily con una sonrisa. Sus mejillas se tiñeron de rubor.

–Pero hazme un favor –bromeó Zoe–, desinfecta las superficies públicas cuando acabéis. Preferiría no desayunar en la isla de la cocina pensando que el trasero desnudo de mi futuro cuñado ha estado apoyado en ella.

Capítulo Siete

Si había una cosa que se le daba a bien a Reid, era separar las cosas. No tenía problemas para despertarse temprano, vestirse e ir a la oficina. No tenía problemas para concentrarse en el trabajo todo el día, sin dejar que pensamientos de Juliet y el bebé se interpusieran en su rutina.

Solo cuando regresaba a su grande y silenciosa casa carecía de distracciones suficientes para evitar que esos pensamientos le asediaran.

La chimenea no estaba encendida pero, aun así se sentó frente a ella y abrió una botella de whisky. Se sirvió un poco y dejó que el licor le quemara la garganta hasta el estómago.

Recordó otra velada que habían pasado en esa habitación no hacía mucho. Entonces el fuego estaba encendido y nevaba afuera, pero en vez de whisky habían estado bebiendo vino.

Había sido una de las noches que Juliet y él se habían visto después del trabajo, en secreto, cuando ella ya había roto su compromiso. No había razón para esconderse, pero ella había insistido.

Había llegado en taxi, luciendo un abrigo largo, gorro, sombrero y unas gafas de sol enormes, similares a las que él le había comprado para acudir a su cita con el ginecólogo. La había recibido en la puerta y envuelto en sus brazos antes de besarla con pasión. Cerrando de una patada, la había subido escaleras arriba al estilo de Rhett Butler y la había llevado a su dormitorio.

Habían hecho el amor con rapidez y furia esa primera vez. Con ardor y pasión. Demonios, tal vez habían sido dos veces, considerando cómo habían liado las sábanas y nublado las ventanas de vapor, rodando sobre la cama, descansando y volviendo a empezar. No recordaba los detalles.

Lo que sí recordaba claramente era la suavidad sedosa de la carne de Juliet bajo sus manos y su boca. El olor floral y almizclado de su perfume y su cabello. Cómo se sentía teniéndola en sus brazos y cómo se sentía él cuando estaba con ella, dentro de ella, tumbado a su lado.

También recordaba lo cómodos que habían estado cuando no estaban haciendo el amor. Hablando por teléfono por la noche o cuando ella lo llamaba a la oficina durante el día. Sentado frente a ella en la mesa de la cocina mientras saqueaban la nevera para llenarse el estómago después de saciar el resto de sus cuerpos.

Después de comer algo habían acabado en el despacho, compartiendo una botella de vino ante la chimenea encendida. Recordaba perfectamente la camisola y las bragas marfil que ella había llevado puestas bajo una de sus camisas arrugadas, y los pantalones del pijama de seda negra que él se había puesto antes de bajar.

Él se había sentado en la alfombra, con la espalda apoyada en uno de los sillones de cuero. Juliet había esperado a que sirviera el vino y después se había sentado entre sus piernas, recostado en su pecho y apoyado la cabeza en su hombro. A Reid le había parecido lo más natural rodearle la cintura con los brazos.

No sabía cuánto tiempo habían pasado así, disfrutando del silencio, del chisporroteo de la leña, el vino y de cercanía. Para él había sido algo perfecto. Incluso había pensado que no le importaría que Juliet pasara más tiempo allí, tal vez de forma permanente.

Eso no era algo que hubiera considerado desde que Juliet se había ido con el bebé. Había salido con mujeres y tenido numerosas aventuras, pero nunca se había planteado una a largo plazo.

Hasta que había llegado Juliet. La mujer incorrecta en el momento inadecuado. Rebosante de conflictos, secretos y mentiras. Sin embargo, no era capaz de mantenerse alejado de ella.

Por eso, tal vez no debería intentarlo. Era la única mujer con la que se veía pasando el resto de su vida, así que era mejor dejarse de tonterías. Tal vez fuera hora de olvidar el pasado, el presente de ella, y todas las cosas que los separaban. En realidad, solo era cuestión de reorganizar sus prioridades y decidir que merecía la pena luchar por lo que había entre ellos, fuera lo que fuera.

Se aclaró la garganta, cambió de postura y se estaba preparando para el discurso de «tenemos que hablar de dar el siguiente paso» cuando Juliet giró en su regazo y puso las piernas sobre el muslo medio desnudo de él.

Reid –musitó ella.

–¿Mmm?

Sabía lo que quería decirle, en términos generales, pero si ella tenía algo en mente no le importaba que hablara antes. Eso le daría tiempo a ordenar sus pensamientos antes de expresarlos.

Ella inspiró profundamente y se estremeció. Él le frotó los brazos por si tenía frío.

–No te imaginas cuánto ha significado esto para mí. Estar contigo, pasar tiempo juntos.

Él la apretó con más fuerza. Aunque ella pudiera sentir frío sentada en el suelo en poco más que ropa interior, a pesar del fuego que ardía a solo unos metros, él empezaba a sentir un agradable calor de pura satisfacción.

Por desgracia, la sensación no duró mucho.

–Pero no puedo volver a verte –añadió ella. Su frase fue el equivalente a una jarra de agua helada–. Lo siento –dijo, girándose para mirarlo–. Sabíamos que esto era temporal y que no debería haber empezado nunca. Es hora de ponerle fin.

–¿Vas a seguir adelante, verdad? –preguntó él, paralizado pero blanco de ira.

–¿Con qué?

–Con la boda. Con ese imbécil.

–No. No se trata de eso –Juliet se apartó y se puso en pie cuidadosamente.

–¿En serio?–preguntó él con incredulidad. Se

levantó, deseando agarrarla, pero cerró los puños por miedo a sacudirla si la tocaba. O eso o besarla hasta hacerle olvidar esa tontería de irse.

–Esto no es un concurso, Reid. Si lo fuera habrías ganado. Cancelé la boda y rompí con Paul para estar contigo estas últimas semanas.

–Y ahora estás rompiendo conmigo.

–¿Qué quieres de mí, Reid? Te dije desde el principio que esto no podía convertirse en algo serio. ¿Qué pensaría la gente si descubriera que he estado contigo todo este tiempo sin anunciar públicamente que he roto el compromiso con Paul? Mis amistades y mi familia están esperando las invitaciones de boda.

–Así que te avergüenza que la gente sepa que estás conmigo –arguyó él con amargura.

–¡No! –se puso las manos en las caderas–. Santo cielo, no tiene nada que ver contigo. En realidad no. Es… por el momento… y por las expectativas de todo el mundo.

Hizo una pausa e inspiró con fuerza. Su pecho se alzó bajo la camisola de seda y la camisa desabrochada. Cuando volvió a hablar, su voz sonó más suave, con un deje de disculpa.

–Durante toda mi vida he hecho lo que mis padres esperaban de mí. Zoe siempre fue la rebelde, Lily un espíritu libre y yo la niña buena. Tal vez porque soy la mayor, no lo sé. Pero no tienes ni idea de cuánto me costó reunir el valor para dejar mi trabajo en Connecticut y venir aquí para trabajar diseñando bolsos con Lily. Me aterrorizaba decepcionar a mis padres. Aunque aceptaron la decisión no les hizo nada felices, y eso hizo que me sintiera más culpable.

Dejó escapar un suspiro profundo.

—Todavía no les he dicho que he cancelado la boda. Se pondrán furiosos y será aún peor si descubren que he estado jugando a las casitas contigo mientras se suponía que me estaba preparando para ir al altar con Paul.

Movió la cabeza de lado a lado y se secó las palmas de las manos en los muslos desnudos.

—Lo siento, pero no puedo con ello. Si las cosas fueran diferentes... Si nos hubiéramos conocido meses después de que Paul y yo rompiéramos, no sería tan terrible. Pero no soporto la idea de que echen cuentas y descubran que nos liamos en cuanto rompí el compromiso, o incluso antes de romperlo.

Dejó de pasarse las manos por los muslos y cruzó los brazos sobre el pecho. Él contempló el movimiento de su garganta al tragar.

—Tal vez después, cuando las cosas se asienten —musitó—, podríamos revaluar las cosas y empezar a vernos de nuevo. Con naturalidad, en vez de a escondidas.

Reid hizo una mueca de enfado y se quedó sentado, temiendo lo que haría si se levantaba.

—No hace falta que me hagas favores.

—Por favor, ya sabías que las cosas acabarían así —le dijo con voz queda—. No quiero pasar nuestro últimos momentos juntos discutiendo.

Fue el «por favor» lo que hizo que él se mordiera la lengua. Que se quedara callado en vez protestar por su mala decisión o porque había estado a punto de pedirle que se quedara con él. Por suerte, ella lo había librado de meter la pata.

Siguió un silencio tan pesado que era casi doloroso. Pero sabía que si abría la boca para decir algo, se arrepentiría toda la vida. Así que cerró la boca y apretó los dientes.

Poco después, cuando comprendió que no iba a decir nada más, Juliet dejó caer los brazos y los hombros. Con un suspiro, se quitó la camisa que él le había prestado y la colocó sobre el respaldo de la silla, después salió de la habitación.

Reid pensó que no tendría que haberla dejado marchar. Tendría que haberla seguido y luchado hasta convencerla de que siguiera con él. Pero se había quedado en el despacho mientras ella subía al dormitorio a vestirse y recoger sus cosas. Poco después, ella salía de su casa.

De su casa y de su vida… pero no de su mente. Ni de su corazón.

La poca luz que le llegaba de la lámpara del escritorio se reflejó en el líquido ámbar de la copa que tenía en la mano. Reid la hizo girar entre los dedos, jugando con los destellos de los distintos ángulos y facetas.

Le había dolido que Valerie lo abandonara años atrás. Se había sentido como si alguien le hubiera arrancado una alfombra de debajo de los pies por permitirse hacer planes. Planes para casarse con ella, asentarse y formar una familia. Era el orden natural de las cosas, tal y como siempre había esperado.

Pero incluso entonces, lo peor había sido la pérdida de su hijo. Un hijo al que no había conocido pero que aun así dejó un agujero diminuto en su alma cuando lo alejaron de su vida.

Sentía un dolor en el pecho del que no conseguía librarse. Había empezado la noche que Juliet le dijo que habían acabado y salió de su vida, en principio para siempre, cuando comprendió que ella no seguiría en su vida, llenando la casa con su voz suave y su risa femenina. Dándole algo que desear al final del día, alguien en quien confiar y con quien charlar.

El dolor había estado presente cuando fue a buscarla a la casa familiar del lago, pero había hecho lo posible por esconderlo e ignorarlo. Entonces ella le había dicho que estaba embarazada y el dolor se había transformado en algo cálido y reconfortante, casi… esperanza. Iba a tener una segunda oportunidad en aquello que había dado por perdido muchos años antes.

Y una segunda oportunidad de estar con Juliet, que había deseado desde el principio.

Sin embargo, el dolor se había agudizando. Era basto, pulsante, peor que nunca. Y no se lo imaginaba desapareciendo o mejorando. Esa vez, estaba seguro de que el trauma sería permanente.

Porque, aunque había tardado demasiado en admitirlo, incluso ante sí mismo, ella le importaba. Con o sin bebé de por medio, Juliet lo había cambiado por dentro y por fuera.

La luz volvió a destellar en la superficie del whisky. Dio un largo trago que le quemó de la garganta al estómago y se planteó servirse otro.

Había creído que podría olvidarla, dejar atrás la apasionada aventura y volver a su vida normal y tranquila. El problema era que no quería dejar la aventura atrás ni simular que no le había afectado. No quería dejar ir a Juliet ni ver a su hijo solo en fines de semana alternos. Al diablo con eso.

El bebé era cuanto había necesitado para analizar la historia y darle la vuelta. Dejó el vaso en la mesa y se puso en pie.

Había permitido que Juliet lo dejara dos veces. No iba a tener una tercera oportunidad.

Cuando Reid llegó a la puerta del ático, estaba sobrio y nada dispuesto a soportar bobadas. Se había vestido para impresionar a Juliet, elegante y profesional: traje color carbón, camisa azul clara y corbata azul oscuro.

Levantó la mano y golpeó la puerta de metal gris oscuro. Iba a llamar otra vez cuando abrieron.

Reid se encontró cara a cara con Nigel Statham, el prometido de Lily. Lo había conocido mientras investigaba el robo de los diseños de Lily. El robo se había originado en la sucursal californiana de la empresa británica de los Statham, que Nigel dirigía.

Reid no había esperado verlo allí, y estaba claro que había interrumpido algo. Nathaniel llevaba la camisa mal abotonada y colgando por fuera del pantalón. Reid se aclaró la garganta, incómodo y avergonzado. Había muy pocas posibilidades de que Juliet estuviera en el ático mientras su hermana y el prometido de su hermana estaban en pleno… asunto. Pero ya que estaba allí, habría sido raro no preguntar.

–Hola –dijo Reid–. Siento… interrumpir –dijo, encogiéndose de hombros–. He venido a hablar con Juliet –continuó–. Supongo que no está aquí.

–No –respondió Nigel–. Estamos solo… –calló cuando Lily se situó a su lado. Tenía el pelo alborotado y la blusa también mal abotonada– … nosotros dos –terminó Nigel.

Reid asintió con gesto de comprensión.

–No creo que Juliet quiera verte de momento –dijo Lily con voz queda, ni defensiva ni airada. Para sorpresa de Reid, su expresión era casi compasiva–. Ha pasado por mucho últimamente. Necesita tiempo para sí misma.

–Lo sé –contestó él, intentando mantener la calma. Al fin y al cabo, Lily no tenía culpa de nada–. Pero necesito hablar con ella.

Lily alzó la vista hacia su prometido. Intercambiaron una mirada y Nigel alzó un hombro como si le pasara la pelota a ella.

–Lleva dentro a mi hijo –dio Reid con voz más

violenta de lo que pretendía–. ¿No creéis que eso me da derecho a algo de consideración?

Nigel le rodeó la cintura a Lily con un brazo protector. Era obvio que, aun sin conocer los detalles de la relación de Reid y Juliet, estaba dispuesto a intervenir para apoyar a Lily si hacía falta.

Reid lo respetaba por eso, pero si tenía que sacudir a la hermana de Juliet para sacarle la información que necesitaba, lo haría. O al menos haría lo que pudiera antes de que Nigel lo tumbara de un golpe. Él habría hecho lo mismo si se encontrara en su situación.

Decidiendo dar otra oportunidad al enfoque razonable, miró a Lily a los ojos.

–Por favor –susurró, haciéndole ver su sinceridad y, francamente, su necesidad.

Tras dejar pasar unos segundos, ella suspiró.

–No está aquí, está en Nueva York –dijo Lily–. Ella y Zoe han ido a Connecticut a visitar a nuestros padres. Y creo que Juliet quería aclarar las cosas con Paul.

Reid se aferró al volante y pisó el acelerador. Superaba con creces el límite de velocidad, pero ni siquiera se planteaba que la policía pudiera detenerlo. Tenía la tensión por las nubes y no dejaba de pensar en lo que le había dicho Lily.

Apretó los dientes con tanta fuerza que no le habría sorprendido que se convirtieran en polvo.

Se preguntaba dónde había quedado su afirmación de que había terminado con ese estúpido misógino. O la de que él no querría saber nada de ella porque estaba embarazada de otro.

Como despedida, Lily le había recordado que no creía que Juliet quisiera relacionarse con él por el momento. Que necesitaba espacio y distancia, y que quería estar sola. Traducción: quería mantenerse alejada de él.

¡Peor para ella! Habían llegado a una especie acuerdo. Además de decirle que había terminado con Paul, ella le había prometido acceso total a su hijo e información durante el embarazo.

Tal y como él lo veía, marcharse sin avisar suponía una ruptura de ese acuerdo.

No se había molestado en discutir con Lily o informarla del acuerdo tentativo. Además de que no era asunto suyo, siempre se pondría de parte de su hermana, pasara lo que pasara.

Había dejado a Lily y a su novio retomar lo que habían estado haciendo antes de su interrupción y vuelto al coche airado.

Condujo hasta la oficina y, sin hablar con nadie, se encerró en su despacho y buscó la dirección de los padres de Juliet en Connecticut. Habría sido más fácil pedírsela a Lily, pero ella habría telefoneado a Juliet poniéndola sobre aviso de que iba para allá.

Apuntó la dirección en un trozo de papel, salió del despacho y le pidió a Paula que cancelara las citas de su agenda «durante un tiempo». Salió del edificio y volvió a sentarse al volante de su Mercedes. Tecleó la dirección de los Zaccaro en el GPS, arrancó el motor y salió de la ciudad.

No tenía ni idea de lo que iba a decirle a Juliet cuando la viera, pero sabía que tenía que controlar su mal humor antes de hacerlo. Él no era como su ex y no iba a serlo nunca, por furioso o frustrado que se sintiera con ella.

Recorrió el camino de entrada circular y se detuvo a unos metros de la casa blanca con contraventanas negras, admirando los coloridos bancales de flores. Apagó el motor y se quedó allí sentado, esperando que cierta tranquilidad descendiera sobre él. Por supuesto, eso no ocurrió. Pero al menos consiguió respirar lenta y pausadamente y recuperar cierta claridad mental.

Bajó del coche, subió al porche y se acercó a la puerta, enmarcada por altas columnas blancas. Solo oía el ruido de sus pasos y de la brisa en los árboles hasta que pulsó el timbre de la puerta. Oyó el sonido de la campanilla y, con el corazón tronando, esperó a que alguien abriera.

De nuevo, aunque esperaba ver a Juliet, se enfrentó a otra de las hermanas Zaccaro. Esa vez fue Zoe. Sonreía cuando abrió, pero al verlo sus ojos azules se volvieron fríos como el hielo y la boca se le curvó hacia abajo con desagrado.

«Ya estamos otra vez», pensó él.

–Hola, Zoe –saludó con tono grave y cortés. Lo último que necesitaba era que se disgustara con él y actuara como guardiana de la puerta. Ya tenía cosas más que suficientes en contra suya.

Zoe no contestó, se limitó a cruzar los brazos sobre el pecho y golpear el suelo con uno de sus brillantes tacones. Él contempló su vestido ajustado y la cantidad de piel desnuda que dejaba a la vista, por encima y por debajo. Parecía demasiado informal para visitar a sus padres, pero ella no había pedido su opinión y no iba a dársela. Necesitaba ser agradable y sacarle información a esa mujer que empezaba a enrojecer de ira.

–Busco a tu hermana Juliet –dijo, como si hiciera falta explicarlo.

–Sé a quién buscas –escupió ella, acelerando el ritmo de su taconeo–. No creo que quiera verte.

Reid apretó la mandíbula y luchó por controlar su mal genio. Estaba empezando a cansarse de oír eso. Tomó aire y contó hasta diez antes de hablar.

–¿Te importaría decirle que estoy aquí y permitir que sea ella quien tome esa decisión?

Zoe estrechó los ojos. Lo miró de arriba abajo, helándolo con la mirada. Después se relajó un poco, dejó de taconear y ladeó la cabeza.

–Ahora mismo no está –dijo Zoe–. Ha salido un rato.

–¿Podrías decirme adónde ha ido?

La joven lo miró con expresión indecisa.

–Vale –gruñó–. Ha ido a ver a Paul. Intenté convencerla de que no lo hiciera aún, incluso me ofrecí a acompañarla. Pero insistió y dijo que era algo que tenía que hacer sola.

Reid notó que su ira volvía a dispararse. Curvó los dedos contra los costados. Había tenido la esperanza de verla antes de que «aclarara» las cosas con el bastardo, aunque no sabía qué iba a decirle para evitar que eso ocurriera.

Tragó aire y lo dejó escapar lentamente, al tiempo que se obligaba a relajar las manos.

–¿Podrías decirme dónde vive para que pueda ir a hablar con ella? Si es posible, antes de que cometa un error monumental.

–¿Me prometes que no le harás daño? –preguntó Zoe tras pensarlo un segundo.

–Yo nunca le pondría un dedo encima –declaró él con pasión y tono ofendido.

–Hay muchas formas de herir a la gente –dijo Zoe con vez queda–. No todas dejan cardenales.

–Tienes razón –dijo Reid, impactado por el comentario–. Te lo prometo. Haré cuanto esté en mi mano para no herirla.

Ella tardó un par de tensos segundos en decidirse, pero después se estiró, descruzó los brazos y recitó la dirección del exprometido de Juliet. El hombre al que Reid iba a esforzarse por no dar una paliza.

Cuando Juliet salió de la casa, cerrando la puerta a su espalda, pensó que iba demasiado arreglada para la ocasión. Quería estar guapa, pero no demasiado. No quería un aspecto sugerente, pero tampoco informal o descuidado.

Había optado por un vestido veraniego de la colección de su hermana y unas alpargatas naranja tostado, del mismo tono que las amapolas que decoraban la falda del vestido. Era un conjunto que se habría puesto para ir a la tienda, salir a almorzar o trabajar en el estudio del ático un día en el que se sintiera alegre y animosa.

Pero ese día había sido una pérdida de tiempo intentar estar medio presentable. «Un desperdicio de maquillaje», habría dicho Zoe.

El ruido de la puerta al cerrarse sonó definitivo, pero no le importó. Y eso era bueno. Más que bueno. Era un alivio. Un billete de ida hacia la libertad.

El rostro se le iluminó con una sonrisa mientras bajaba los tres escalones y caminaba hacia la calle arbolada del bonito y caro vecindario que había estado a punto de convertirse en su hogar.

Fue hacia su coche con intención de conducir de vuelta a casa de sus padres. Se planteó parar en su pastelería favorita para comprar una tarta o una docena de galletas gigantes, pero no tenía ganas de una celebración.

Se detuvo al ver un reluciente Mercedes negro al otro lado de la carretera, enfrente de su coche. Reid estaba allí de pie, apoyado en la puerta.

—Reid —dijo con sorpresa. Pensó que tal vez, al final, no había desperdiciado el maquillaje—. ¿Qué estás haciendo aquí?

Él se apartó del coche y fue hacia ella.

—He venido a verlo por mí mismo —dijo.

La frialdad de su tono le indicó a Juliet que no iba a ser una reunión cálida y agradable. Era una

pena, porque hacía unos segundos se había sentido de maravilla, mejor que en muchos días.

–¿Ver qué por ti mismo? –le preguntó.

–Esto –inclinó la cabeza hacia la enorme casa
colonial que había tras ella–. Que no podías esperar a volver con tu prometido, incluso tras prome-
ter que no lo harías. Incluso sabiendo que estás
embarazada de mi hijo.

Juliet abrió la boca para decirle que, embarazada de él o no, no tenía derecho a seguirla, a enfrentarse a ella cada dos por tres, a acusarla de crí-
menes que no había cometido. Pero una súbita
revelación se lo impidió.

–¿Nunca vas a confiar en mí, verdad? –dijo, segura de saber la respuesta–. Después de lo que ha
ocurrido entre nosotros, bebé o no bebé, Paul o
no Paul, siempre sospecharás de mí. Siempre esta-
rás esperando para interrogarme porque creerás
que he hecho algo a tu espalda.

Movió la cabeza y, triste, desvió la mirada al suelo. No había imaginado un futuro feliz con Reid,
igual que no se imaginaba volviendo con Paul y
siendo feliz con él durante los cincuenta años si-
guientes.

Pero Reid y ella iban a compartir un hijo. Iban
a estar en contacto con regularidad, probablemente el resto de su vida Habría sido agradable que esa
interacción fuera amistosa y educada, pero parecía
que no iba a ser el caso. Eso le dolió más de lo que
había creído posible.

–Para que quede claro, nunca prometí que no

volvería a ver ni a hablar con Paul. Pero puedo prometerte que no volveremos a estar juntos. Incluso si estuviera interesada, y no lo estoy en absoluto –puso los ojos en blanco–, dudo que Paul lo estuviera. O eso creo, teniendo en cuenta que había una mujer desnuda en su cama cuando llegué. Y no por primera vez, ha estado viendo a otras mujeres todo el tiempo. Disfrutó informándome de que había estado dispuesto a casarse conmigo para mantener las apariencias, pero que nunca se había planteado dejar sus actividades extracurriculares.

Los ojos de Reid se ensancharon levemente y Juliet se alegró de haber logrado sorprenderlo.

–Es cierto –siguió–. Está claro que ambos hemos optado por seguir con nuestra vida. Es lo mejor, créeme. Pero tenía que pedirle disculpas por lo de la iglesia. Fue inaceptable y, aunque él no me merecía a mí, tampoco se merecía eso.

Siguió un tenso silencio. Solo se oía el canto de algún que otro pájaro. De repente, Reid resopló y se pasó la mano por el pelo.

–Le prometí a tu hermana que no te haría daño, ¿sabes? –la miró a los ojos–. Parece que he roto mi promesa a la primera oportunidad. Me incomoda tener esta conversación frente a la casa de tu ex –hizo una mueca–. ¿Hay algún otro sitio donde podamos hablar en privado?

–Podríamos ir a casa de mis padre –ofreció ella.

Él curvó el labio y arrugó la nariz al oír su sugerencia, como si algo le oliera mal.

–Sí, pero tu hermana está allí –le recordó él.

Juliet estuvo a punto de echarse a reír, conocía el temperamento de Zoe y cómo podía ser cuando algo la irritaba.

–Podemos entrar por detrás y subir directos a mi habitación. Nadie tiene por qué saber que estamos allí.

Aunque parecía poco convencido, Reid asintió. Abrió la puerta del coche de Juliet y esperó a que se sentara al volante.

–Te seguiré –dijo, mientras ella se abrochaba el cinturón de seguridad y pulsaba el botón de arranque–. Conduce con cuidado. Y no intentes escapar, sabes que te encontraré –cerró la puerta del coche y se dirigió a su Mercedes.

Capítulo Ocho

La amabilidad y preocupación de Reid sorprendieron a Juliet. Pero si había algo que sabía de él era que escondía su naturaleza solícita tras una coraza de dureza y hosquedad.

Seguida muy de cerca por Reid, dejó atrás el vecindario de Paul y volvió a la lujosa y exclusiva zona en la que se encontraba la casa de su familia. Recorrió el camino de entrada, dejó la casa atrás y siguió al extremo trasero del garaje en el que su padre guardaba bajo llave sus preciados Corvette cupé de 1967 y su Shelby Cobra de 1962. No había ninguna posibilidad de que descubrieran su coche o el de Reid aparcados allí.

Apagó el motor, bajó del BMW y esperó a Reid. Después, lo condujo al camino que llevaba a la parte trasera de la casa. Entraron y subieron una escalera que conducía a un silencioso pasillo y a la suite de habitaciones que Juliet había ocupado cuando crecía.

Tras la primera puerta había una salita que en otros tiempos había decorado con rosas y morados intensos y pósteres de sus artistas favoritos. Seguía asombrándola que sus padres les hubieran permitido hacer lo que quisieran con sus habitaciones, siempre y cuando el resto de la casa siguiera siendo digna de la portada de *Mansiones y jardines*. Y eso había incluido la inquietante decoración de Zoe en su etapa gótica.

Por suerte, Lily y Juliet habían sido unas adolescentes de gustos más normales, y no había sido demasiado difícil arreglar sus desaguisados con unas capas de pintura. En ese momento la salita estaba pintada de color melocotón. Había un sofá de dos plazas, situado frente al televisor y al equipo de sonido, y un sillón rodeado de estanterías.

Tras la segunda puerta interior estaba su dormitorio, en el que había una cama con dosel y un vestidor que incluía ropa desde su época de adolescencia hasta los mejores de diseños de Zaccaro de la temporada anterior. Aún no había tenido tiempo de revisar la ropa y seleccionar cuál donar a organismos benéficos. Había cosas que le traían tan buenos recuerdos de infancia que no estaba dispuesta a deshacerse de ellas nunca.

Dejó el bolso en el asiento del sillón y se volvió hacia él en el momento en que Reid cerraba la puerta.

–¿Te parece lo bastante privado?

Él miró a su alrededor antes de contestar.

–Servirá –contestó–. Es una habitación agradable. Y se te da muy bien entrar sin que nadie te vea. ¿Solías escaparte a menudo cuando eras pequeña?

–Ni la mitad que Zoe –Juliet esbozó una sonrisa–. Ella era la incorregible, desde luego.

Reid se aclaró la garganta.

–Verás –dijo él, retomando la conversación donde la habían dejado antes en casa de Paul–. No confiaba en ti.

«Oh, vaya», pensó Juliet, sintiéndose como si le hubiera dado un puñetazo. Se preguntó por qué la gente daba tanta importancia a la honestidad. Sonaba bien en teoría, claro, pero a veces la verdad pura y dura dolía un montón.

Tragándose las emociones que amenazaban con ahogarla, se preparó para escuchar el resto de lo que quiera que tuviera que decirle.

Tal vez no había más. Tal vez el punto final de la historia sería ese «no confío en ti». Él le desearía que tuviera un buen día y se iría. Una parte de ella deseaba que hiciera exactamente eso. Sería mucho menos doloroso que seguir hurgando en la herida, como estaban haciendo.

Otra parte de ella, sin embargo, quería que dijera algo, casi cualquier cosa, solo para que siguiera allí unos minutos más. Tenía la sensación de que en cuanto se separaran su relación cambiaría drásticamente. No volverían a verse, o lo harían solo para entregar o recoger a su hijo los días que dictaminara el acuerdo de custodia.

Nuevos recuerdos sustituirían a los del pasado. La indiferencia, quizás incluso la animosidad, reemplazarían a la pasión, la atracción y el afecto.

Ella, por su parte, estaba enamorada. No lo habría admitido antes, pero era la verdad. Curiosamente, había adquirido consciencia de ello demasiado tarde.

Empezaba a sentir lástima de sí misma cuando Reid tomó sus manos entre las suyas. Sorprendida, alzó la cabeza.

Había creído que iban a despedirse, no que fuera a tocarla. Pero en el momento en que se estableció el contacto, un cosquilleo le recorrió todo el cuerpo.

–No confiaba en ti, Juliet –repitió él–, pero era porque no podía. No me he dado cuenta hasta hace muy poco de que no confío en nadie. Tal vez por eso creé una empresa de investigación privada –dejó caer los brazos, arrastrando los de ella y creando un puente de unión–. Nunca he hablado de esto antes, no se lo había dicho a nadie.

Tenía la vista fija en ella, pero evitaba sus ojos como si el tema lo incomodara y tuviera que concentrarse en las palabras que decía. Juliet se quedó inmóvil y callada, la sorprendía que se abriera a ella y no quería hacer nada que lo llevara a interrumpir su discurso.

–Hubo otra mujer, hace mucho tiempo. Se quedó embarazada e hice lo correcto, le pedí que se casara conmigo. Pero no fue por culpabilidad o por un sentido del deber. Quería casarme con ella. Crear una familia, ser padre.

Tragó saliva y la nuez subió y volvió a bajar. Los ojos color chocolate estaban nublados por los recuerdos y las decepciones del pasado.

–Pensé que eso sería lo que ocurriría –siguió–, pero Valerie dijo que no quería ser ni esposa ni madre. Se marchó de la ciudad y no volví a saber de ella. Años después, empecé a investigar y descubrí que había tenido el bebé y se había casado con otro hombre. Por lo visto, no se oponía a ser esposa y madre; simplemente no quería hacerlo conmigo.

A Juliet se le secó la boca. Reid tenía otro hijo.

Había oído lo demás, pero no sentía ningún interés por sus antigua novia. Ambos habían tenido relaciones previas, ella había estado comprometida cuando se conocieron. Mientras esas relaciones se mantuvieran en el pasado, no les daba ninguna importancia.

Pero que ya tuviera un hijo con otra mujer, que lo había abandonado, y no se hubiera molestado en decirle que era padre... Eso era monumental.

Pensó en la noche en que, después de que el médico confirmara su embarazo, le había pedido que se casara con él. Comprendió cuánto debía haberle costado hacerlo. No se había arrodillado ante ella con un ramo de flores, no, pero considerando que ya había pasado por eso, tenía que haber sido muy difícil para él descubrir que la había dejado embarazada y ofrecerse a «hacer lo correcto» sin saber si lo aceptaría o lo rechazaría como había hecho la mujer anterior.

Si Juliet lo hubiera sabido, habría manejado la situación de forma muy distinta.

–Tú... –movió la cabeza con incredulidad, tragó saliva y volvió a empezar eso–. ¿Ya eres padre? ¿Cuántos años tiene? ¿Es niño o niña? ¿Cómo se llama? ¿Os veis a menudo?

Las preguntas se sucedieron como un torrente. No podía controlar su curiosidad aunque sabía que no era el momento idóneo para interrogarlo.

–Disculpa –movió la cabeza de nuevo. Había mucho que procesar cuando ni siquiera había contado con verlo en un futuro cercano.

–No te preocupes –dijo él con voz grave–. Tendría que habértelo dicho antes –tomó aire antes de seguir–. Es niño. Tiene diez años y se llama Theo –hizo una mueca de dolor–. Pero no lo veo, no. Valerie no sabe que los localicé. No tiene ni idea de que sé que tuvo el niño y se casó con otro hombre.

–Oh, Reid… –Juliet se acercó y le apretó las manos–. Te mereces conocerlo, pasar tiempo con él, ser un padre para tu hijo. Y sin duda él se merece conocerte a ti. Aunque haya una figura paterna en su vida, no tiene a su padre biológico y todos los niños tienen derecho a eso.

Reid curvó los dedos sobre los de ella y siguió en silencio. La tensión de su mandíbula y el brillo de sus ojos hicieron sospechar a Juliet que estaba esforzándose por controlar sus emociones.

Aunque quería saberlo todo, y ayudarlo a reunirse con su primogénito si eso era lo que necesitaba, no quería presionarlo. No allí, en ese momento. Se había sincerado voluntariamente y le contaría más cuanto estuviera listo. Sin soltarlo, esperó a que procesara sus pensamientos y emociones.

Un rato después, Reid inspiró profundamente

y soltó el aire poco a poco. Después, sus ojos atraparon los suyos, tan oscuros y sinceros que ella se quedó sin aliento un instante.

—Te estoy contando esto porque cuando Valerie se fue se llevó el futuro que había creído que tendría con ella. Esposa, hijos, casa con jardín y verja pintada de blanco: el sueño americano. Sin que me diera cuenta, eso hizo que dejara de confiar en la gente. Sobre todo en las mujeres. No quería que volvieran a hacerme daño y, sobre todo, no quería hacer planes y entregar mi corazón para que volvieran a arrancármelo.

Le soltó una de las manos y le acarició la mejilla con los nudillos.

—Por eso pensaba que lo que había entre nosotros era perfecto. Muy apasionado pero informal y con fecha de caducidad. No creía que fuera a acabar tan pronto, pero sabía que acabaría. Nada de ataduras, compromisos o expectativas.

Dejó escapar una risa seca, carente de humor.

—Pero no salió así. Desde el principio, me enamoré de ti. No creo que me diera cuenta entonces, y si me lo hubieras preguntado lo habría negado sin dudarlo. Sin embargo, estaba claro, tanto que casi me deja sin aliento pensarlo.

La respiración de Juliet empezó a tornarse pesada y los ojos se le humedecieron.

Acababa de admitir que ella le importaba. Quizás, incluso, que la amaba. Le daba miedo moverse, respirar o parpadear por si él dejaba de hablar o, Dios no lo quisiera, se retractaba.

Así que siguió inmóvil y tensa, con la esperanza de que dijera más.

—Incluso antes de que me dijeras lo del bebé, deseaba estar contigo. Requirió todo mi autocontrol no correr a la iglesia el día de tu boda para impedir que se celebrara. La única razón por la que fui a la oficina ese día fue porque sabía que si me quedaba en casa no podría contenerme. Si tus hermanas no hubieran aparecido para decirme que te habías fugado, no sé ni cuánto habría aguantado. Cuando te imaginaba caminando hacia los brazos de otro hombre, me daban ganas de morder el escritorio.

Ella no pudo controlar una risita nerviosa. Reid también sonrió antes de seguir.

—Cuando pienso en la marcha de Valerie, no puedo evitar sentir que las cosas no fueran bien. Siento aún más no haber sido parte de la vida de Theo. Pero cuando pienso en perderte a ti...

Movió la cabeza y tragó saliva. Liberó sus dedos y tiró de ella para acercarla.

—Me vuelvo loco. Siento tal opresión en el pecho que me cuesta respirar. Se me para el corazón.

Las lágrimas que llevaban unos minutos quemándole los ojos a Juliet empezaron a surcar sus mejillas.

—Con bebé o sin bebé —siguió él con emoción—, te quiero, Juliet Zaccaro. Quiero casarme contigo, estar a tu lado para siempre, crear ese sueño americano que creí haber perdido para siempre. Si tú aceptas, claro.

A esas alturas, ella lloraba con todas sus fuerzas. Lágrimas enormes le recorrían las mejillas y le estropeaban el maquillaje.

Estaba mirando a los ojos del hombre al que amaba, y él acababa de confesarle su amor.

–Por supuesto que acepto –le dijo.

Apoyó las palmas de las manos en su pecho y sintió los latidos acelerados de su corazón bajo el tejido que le cubría los músculos.

–Te quiero, Reid. Nunca me habría involucrado contigo cuando y como lo hice si no fuera así. Me rompió el corazón alejarme de ti, las dos veces, pero lo hice porque creía que tú no sentías lo mismo por mí, y no quería iniciar otra relación conveniente pero carente de amor que seguramente acabaría en desastre.

Poniéndose de puntillas, le rodeó el cuello con los brazos y suspiró cuando él, poniendo las manos en su cintura, la alzó del suelo y la apretó contra sí.

–Aunque no hubiera descubierto que estaba embarazada, no habría podido seguir adelante con la boda. No quiero estar casada con un hombre del que no esté completamente enamorada, ni con uno que no sienta lo mismo por mí. Y tú eres el único al que amo con todo mi corazón.

Reid echó la cabeza atrás para buscar su mirada. Sus ojos marrones eran tan cálidos y acogedores que ella pensó que se habría derretido a sus pies si no la tuviera fuertemente sujeta.

–Me alegro de que estés embarazada –respondió él–. Es una buena excusa para llevarte al altar cuanto antes y asegurarme de que luzcas mi anillo en el dedo durante el resto de tu vida.

–Me gusta esa idea. Mucho.

–A mí también –susurró él contra sus labios, antes de darle un beso largo y ardiente.

Cuando pararon para tomar aire, ella había perdido el control de su cuerpo y de su mente. Sus cuerpos estaban unidos de pecho a rodillas y deseó poder seguir así eternamente. Sobre todo porque sentirse envuelta por él era uno de sus pasatiempos favoritos.

–¿Qué te parecería enseñarme el dormitorio antes de que tu familia se dé cuenta de que estamos aquí? –murmuró él–. Tengo especial interés en probar la cama.

–Creo que podría arreglarse –rio ella–. Pero supongo que sabes que luego tendrás que sentarte a cenar con mis padres. Y tendremos que dar muchas explicaciones.

–Haré lo que sea para ganármelos y convertirte en mi esposa –dijo él, ya de camino al dormitorio.

Fueron directos a la cama y se quedaron de pie, mirándose. Ella alzó la vista hacia él, que le acarició la mejilla con el pulgar.

–Gracias por darme una segunda oportunidad –susurró él.

Ella sabía que no hablaba solo de ese momento, hablaba del pasado, el presente y el futuro. Una segunda oportunidad para corregir todo lo que había ido mal e iniciar la mejor vida que podían llegar a tener, siempre que estuvieran juntos.

Acarició el sedoso pelo de sus sienes y apoyó la frente en la suya.

–Gracias por no dejarme escapar.

–Nunca –prometió él, agarrando su cintura–. Me dedico a encontrar a la gente, cariño. Y siempre encontraré el camino que me lleve a ti.

Juliet estaba ante el espejo de su dormitorio, en la finca de sus padres. A diferencia de la última vez que había lucido ese vestido para caminar al altar, sonreía. Una sonrisa resplandeciente que era incapaz de moderar.

Nunca habría imaginado que podría volver a mirar el vestido de novia de cuento que su hermana le había diseñado sin que la abrumaran los malos recuerdos. Sin embargo, allí estaba, vestida de pies a cabeza con el mismo tul y gasa, sintiéndose la mujer más feliz del mundo.

Como era habitual, Lily había realizado un milagro creativo. En vez de descartar el vestido de novia, lo había reformado hasta el punto que lo único que tenían en común ambas versiones era el color, blanco como la nieve, y el tejido.

Había cambiado las mangas de farol por tirantes y estrechado la falda acampanada de modo que cayera al suelo en línea recta, transformando las capas de tul en un polisón y una larga cola. Y, lo más importante, había convertido el corpiño ajustado en otro más suelto, estilo imperio, para acomodar la curva del embarazo.

Aún no se notaba demasiado, pero ya estaba casi de tres meses y la curva de su vientre podría haberla delatado. Pero la magia de Lily impediría que los invitados lo supieran si no se lo decía, y el embarazo no resultaría aparente en las fotos.

Un puerta se abrió a su espalda. En el espejo, contempló a sus hermanas entrar al dormitorio.

–Vaya –dijo Lily con exagerado tono de alivio–. Sigue aquí.

–Pensábamos que tal vez estuvieras considerando fugarte de nuevo.

–Ja, ja –replicó Juliet, volviéndose hacia ellas–. No tengo intención de ir a ningún sitio hasta que este nudo quede legal y oficial mente atado.

–Me alegra oírlo –Lily sonrió y fue al tocador a recoger las flores frescas que le decorarían el cabello a Juliet–, creo que si desaparecieras antes de la boda mamá tendría un ataque. Ha pedido a varios invitados que vigilen las puertas, por si acaso.

Zoe soltó una risita, pero Juliet sintió un pinchazo de remordimiento por lo que había hecho sufrir a sus padres la vez anterior. Se preguntó si su futuro esposo también estaría sufriendo esa misma intranquilidad.

–¿Y Reid? –preguntó–. ¿Él también tiene miedo de que eche a correr?

–No creo –contestó Lily.

–Está demasiado ocupado consultando el reloj cada cinco segundos –dijo Zoe.

–¿Está bien? –Juliet alzó las cejas con preocupación–. No estará pensándoselo mejor, ¿verdad?

–Yo diría que no –dijo Lily mientras le colocaba las flores en el recogido–. No deja de preguntar dónde estás y cuánto falta para «empezar con el asunto de una maldita vez».

Juliet se rio ante esa imitación de la voz impaciente de Reid. Era obvio que estaba tan ansioso como ella por formalizar su compromiso.

–Bajó la mano al abdomen y lo frotó con suavidad. Todo iba a cambiar mucho a partir de ese momento, de la mejor manera posible.

No solo iban a unir sus vidas como marido y mujer, pronto darían a su retoño la bienvenida al mundo. Y, para redondear la felicidad, el hijo de Reid había empezado a formar parte de su vida.

Animado por Juliet, se había puesto en contacto con la madre de Theo. A ella no le había hecho mucha gracia su súbita reaparición, pero tras varias llamadas telefónicas, correos y mensajes de texto, había accedido a una visita de Reid. Desde entonces habían conseguido formalizar un horario de visitas sin involucrar a abogados, y Valerie incluso había accedido a que Theo asistiera a la boda. El niño de diez años sería el encargado de las alianzas, y estaba adorable vestido de esmoquin.

–Ya estás –Lily le dio una palmadita en los hombros y la giró hacia el espejo–. Estás preciosa.

–Incluso mejor que la última vez –añadió Zoe.

–Gracias –dijo Juliet.

–¿Lista? –preguntó Lily, dándole un ramo de rosas rojas y blancas envueltas en encaje decorado con brillantes a juego con los del vestido.

—Oh, sí —sonrió Juliet.

Salieron las tres juntas de la suite y bajaron por la escalera principal. Ya en el vestíbulo, Zoe se adelantó para ir a decirle a su padre que la ceremonia podía empezar. Él era el encargado de decirle a Reid que ocupara su posición, después saldría para conducir a Juliet al altar.

Un segundo después, la orquesta situada en el jardín trasero empezó a tocar. La madre de Juliet, una vez superado el fracaso de su primer intento de boda y saber que iba a ser abuela, se había entregado al cien por cien a preparar la boda. Había elegido la música, las flores y la comida para el banquete, además de convertir el jardín de la finca en un escenario de boda digno de una reina.

A pesar de lo esplendoroso que era todo y de lo bien que quedaría en las fotos, a Juliet le importaba poco todo eso. Lo único que quería era convertirse en la mujer de Reid McCormack, independientemente del día y de la hora, de los invitados y del entorno que los rodeara.

Al son de la *Marcha nupcial*, Juliet caminó hacia el altar del brazo de su padre. Lágrimas de felicidad le quemaban los ojos cuando vio a Reid esperándola, alto y erguido, luciendo un esmoquin negro. Los rasgos de su guapo rostro se suavizaron de amor al verla.

Por fin llegó. Su padre le dio un beso en la mejilla antes de entregar su mano, física y simbólicamente, a su futuro esposo. Reid le apretó los dedos suavemente y le sonrió.

–Lo has conseguido –le dijo, a pesar de que el pastor esperaba para empezar y más de cien invitados los contemplaban–. Esta vez ni siquiera he tenido que correr detrás de ti.

–Se acabó lo de echar a correr –prometió ella–. Estoy exactamente donde quiero estar.

La sonrisa de él se ensanchó aún más. Antes de que el pastor pudiera decir una palabra, mucho antes de que llegara el «puedes besar a la novia», Reid, la atrajo hacia sí e hizo justamente eso.

Deseo

CAUTIVA POR VENGANZA

MAUREEN CHILD

Rico King había esperado cinco años a vengarse, pero por fin tenía a Teresa Coretti donde la quería. Para salvar a la familia, tendría que pasar un mes con él en su isla… y en su cama. Así saciaría el hambre que sentía desde que ella se fue.

Pero Rico no sabía lo que le había costado a Teresa dejarlo, ni la exquisita tortura que representaba volver a estar con él. Porque pronto, su lealtad dividida podía hacerle perder al amor de su vida.

*Se casó con él, lo utilizó
y luego lo abandonó*

¡YA EN TU PUNTO DE VENTA!

Acepte 2 de nuestras mejores novelas de amor GRATIS

¡Y reciba un regalo sorpresa!

Oferta especial de tiempo limitado

Rellene el cupón y envíelo a
Harlequin Reader Service®
3010 Walden Ave.
P.O. Box 1867
Buffalo, N.Y. 14240-1867

¡Sí! Por favor, envíenme 2 novelas de amor de Harlequin (1 Bianca® y 1 Deseo®) gratis, más el regalo sorpresa. Luego remítanme 4 novelas nuevas todos los meses, las cuales recibiré mucho antes de que aparezcan en librerías, y factúrenme al bajo precio de $3,24 cada una, más $0,25 por envío e impuesto de ventas, si corresponde*. Este es el precio total, y es un ahorro de casi el 20% sobre el precio de portada. !Una oferta excelente! Entiendo que el hecho de aceptar estos libros y el regalo no me obliga en forma alguna a la compra de libros adicionales. Y también que puedo devolver cualquier envío y cancelar en cualquier momento. Aún si decido no comprar ningún otro libro de Harlequin, los 2 libros gratis y el regalo sorpresa son míos para siempre.

416 LBN DU7N

Nombre y apellido	(Por favor, letra de molde)	
Dirección	Apartamento No.	
Ciudad	Estado	Zona postal

Esta oferta se limita a un pedido por hogar y no está disponible para los subscriptores actuales de Deseo® y Bianca®.
*Los términos y precios quedan sujetos a cambios sin aviso previo.
Impuestos de ventas aplican en N.Y.

SPN-03 ©2003 Harlequin Enterprises Limited

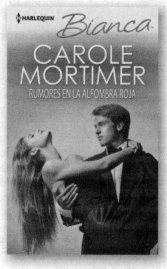

Bianca

Iba a elegir lo que realmente deseaba

Cuando surgió la oportunidad del viaje de su vida, Thia Hammond ni se lo pensó. De repente, la ingenua camarera se vio transportada de su tranquila vida en Inglaterra al deslumbrante mundo de la alta sociedad neoyorquina y los flashes de los fotógrafos.

En cuanto llamó la atención del mundialmente conocido magnate Lucien Steele, Thia supo que estaba a punto de aprender una cosa o dos sobre la vida y el amor. Por primera vez en su cuidadosamente ordenada existencia, no se iba a decidir por la opción más segura…

Rumores en la alfombra roja

Carole Mortimer

EL PRECIO DE LOS SECRETOS

YVONNE LINDSAY

Proteger a sus padres de acogida era lo más importante para Finn Gallagher. Por eso, cuando la bella Tamsyn Masters apareció en la puerta de su casa buscando a su madre, Finn hizo lo que tenía que hacer: mentirle. Tamsyn había hecho cosas peores y si una inofensiva seducción la mantenía donde él quería, ¿por qué no iba a hacerlo? Pero Finn guardaba otro secreto: estaba enamorándose de ella.

Tamsyn no era la persona que había creído y el tiempo se les iba de las manos. La elección estaba clara: Tamsyn o la verdad. No podía tener ambas cosas.

*Debía elegir entre ella
o la verdad*

¡YA EN TU PUNTO DE VENTA!